사이버펑크 디스토피아

사이버펑크 디스토피아

최서희 지음

별이되는집

프롤로그

나는 근성이 부족한 사람이다. 어떠한 어려운 큰일이 있으면 지레 안 될 것이라 여겨 포기하고, 그 일로 인해 결과가 좋지 않게 나와도 내가 뭐 그렇지라며 자조하는 그런 사람이다.

이 글을 쓰기 전에도 난 여러 작품을 썼고, 중간에 의욕이 떨어지자 이를 이어가려는 별 노력도 하지 않고 중단했다. 그렇게 중단하던 글도 여러 편이었다. 이 글은 그런 내가 그만두고 싶어도 포기하지 않고 끝까지 쓴 글이다.

이 책이 나오기까지 포기하지 않게 응원과 격려, 도움을 주신 부모님과 선생님, 그리고 출판사에 감사드린다.

2024년 초가을, 휘서

차례

- ■ 프롤로그 005
- □ 내용 007
- ■ 에필로그 177

새하얀 벽에 유리로 만들어진 방, 검은 머리의 여자아이가 그 안에 있었다.

연구원이 방에 들어와 아이에게 영양소 블록을 주었다. 오로지 생존을 위해서만 만들어진 것이기에 맛이라 할 것은 어지간히 없었으나, 아이가 먹어온 것은 그것밖에 없었기에 아이는 별 반응 없이 그것을 입에 넣었다.

이후 아이에게 피를 뽑고, 주변에 있는 다른 유리방에 있던 상태가 좋아 보이지 않은 사람들을 데리고 나간 건 그 다음이다.

여태껏 방을 나간 사람 중 다시 돌아온 사람은 없었다. 그 자리에 새로운 사람이 들어올 뿐.

얼마나 시간이 흘렀을까. 흰 가운을 입은 사람-아까 온 사람과는 다른 사람이었다.-이 다시 영양소 블록을 주었을 때, 아이는 그것을 입에 넣어 삼키면서 생각했다.

'왜 나만 여기서 다르게 다루는 것이지.'

문자 그대로 아이는 이 하얀 건물에서 명백히 다른 취급을 받고 있었다. 아이의 시선으론 다른 사람들이 이상한 주사를 맞거나 어디론가 간 이후 시름시름 앓다가 더는 움직이지 않게 된 것, 그리고 그나마 움직이던 사람들도 어디론가 끌려가서 다시 돌아오지 않은 것과는 달리 자신은 사진을 몇 장 찍히거나 조금의 피를 뽑을 뿐이었다.

그렇게 하루가 넘어갈 줄 알았으나 이번에는 무언가 달랐다.

방 밖의 복도에서 외치는 비명, 새하얀 바

닥을 물들이는 붉은 피, 도망치는 사람들. 아까의 그 연구원이 아이가 있는 방 쪽으로 달려가던 중, 탕, 하는 소리가 들렸다. 투명한 유리벽에 붉은 물이 튀었다.

털썩. 하고 쓰러진 연구원 뒤로 피 칠갑을 한 채로 연구원 가운을 입은 새하얀 은발의 남자가 권총을 들고 있었다.

"이게 그거 맞지?"

뒤에서 걸어 나온 방독면을 쓴 채로 옷을 둘러싸 누군지도 잘 모를법한 사람이 나왔다.

"기록과 대조한 결과 맞는 것으로 확인된다."

연구원 가운을 입은 사람이 피 묻은 마스터키를 가져와 아이가 있는 유리방에 갖다 댔다. 윙, 하는 소리와 함께 문이 열린 건 그

다음이었다.

"자, 꼬마야. 잠시 여기 들어가 주면 안 될까?"

연구원 가운을 입은 사람이 경계를 푸려는 듯 아이에게 사람 좋은 웃음을 지으며 어느 기계장치 안으로 아이를 넣었다.

"왜 살리는 것이지?"

방독면을 쓴 사람이 이해할 수 없다는 듯 연구원 가운을 입은 사람에게 말했다.

"그 노망난 아지매가 아무리 싫어도 애에겐 잘못이 없으니까. 무엇보다 엿 먹이려는 용도도 있고."
"이해 불가능. 다른 자들은 제거할 예정 아닌가."
"뭐.. 그렇긴 하지. 무엇보다 재미있-"

사이버펑크 디스토피아

최서희 첫 장편소설

별이티는집

타닥- 발소리와 함께 두 남녀가 들어왔다.

"... 늦은 것 같지?"
"그런 것 같은데."

남자는 잠깐 둘을 보더니 입을 열었다.

"어, 쥐새끼가 들어왔네."

부탁해. 방독면을 쓴 사람이 앞으로 나서고, 총소리와 살점이 갈려 나가는 소리, 비명이 들리는 중에도 아이는 가만히 있었다.

그러던 중, 윙-하는 소리와 함께 기계가 작동하는 소리가 들렸다. 부상하는 의식 속, 마지막으로 아이가 들은 소리는 쾅, 하고 무언가 터진 소리였다.

*

"또 이 꿈이네...."

잠에서 막 깬 듯싶은 칠흑같이 검은 머리와 바다를 담은 것 같은 푸른 눈을 가진, 어림잡아 10대 후반으로 보이는 소녀가 중얼거렸다.

"분명 무언가 관련이 있는 것 같은데...."

지우개로 지워진 듯한 어렸을 때의 기억, 아마 그것과 관련된 것 같은데. 그렇게 생각한 화영은 일어섰다가 방을 나와 컵에 물을 따르던 사람과 마주쳤다.

"오, 화영이 깼어?"
"응."

검은색에 가까운 진갈색 머리에 노란 눈을 가진 한 남성이 말한다. 화영은 커피포트에 물을 넣은 뒤 스위치를 켰다.

"네이선 말인데, 4구역에서 목격 정보가 들어왔어. CCTV로 확인도 해봤으니 맞을 거야."
"그렇구나. 고마워 위그. 레인은?"
"컵라면 거의 다 떨어졌다고 나갔어."

여기서부터 4구역이라면 멀리 떨어진 곳인데. 뭘 하러 거기로 간 거지.

네이선-며칠 전 의뢰를 통해 나갔다 소식이 끊긴 동료-의 소식을 들은 화영은 찬장에서 컵라면을 꺼내고 스프를 뿌린 뒤 커피포트 안의 끓는 물을 부었다.

김이 올라오는 컵라면 뚜껑 위 젓가락을 올리던 도중, 그녀의 연락용 디바이스에서 진동이 울렸다.

　[등록되지 않은 수신인]

　아마 공중전화였던가. 잠시 생각을 곱씹은 화영은 상대의 연락을 받았다.

*

　네온사인과 전광판이 빛나는 뒷골목에도 빛이 들어오지 않는 곳이 있다.

　비가 내리는 밤, 빛이 들어오지 않는 뒷골목 속, 오른팔이 있어야 할 자리에 아무것도 없는 소년이 쓰러져 있었다.

　쏟아지는 빗줄기는 소년의 몸을 적시며 흘러나온 피와 섞여 바닥에 붉은 물을 번지게

했다.

"저기요...."

힘없이 쓰러진 소년은 동아줄이라도 잡아보겠다는 듯 지나가던 누군가에게 말을 걸었다. 찰박, 하고 물길을 밟는 소리와 함께 누군가가 소년이 있는 골목길에 들었다. 물 밟는 소리는 누군가 다가오고 있다는 듯 점점 커졌고, 이내 소년의 눈에 들어온 것은 새카만 머리에 바다를 담은 것 같은 푸른 눈을 가진, 제 또래로 보이는 모습의 소녀였다. 소녀의 모습을 본 소년은 잠시 놀랐다는 듯, 흠칫했다.

"히익...! 아, 아니 죄송합니다...! 잠시 아는 사람과 너무 닮아 헷갈렸어요!"

상당히 놀란듯한 모습의 소년에, 이를 본 소녀는 할 말만 하라는 듯 소년을 쳐다보았다.

"저 좀 살려주시면 안 되나요…."

제발, 살려주세요. 곧 죽을 것 같아요. 보상도 해드릴 테니 제발… 점점 그쳐가는 비는 피를 씻어갔다. 소녀는 아무 말도 하지 않은 채, 소년을 쳐다보았다.

*

"..여보세요."
"화영? 화영 너 맞지? 나야 나! 네이선!"

잠시 떨어졌던 친구를 만난 듯싶은, 얼핏 활기가 도는 남성의 목소리가 흘러나오고, 이에 목소리를 들은 화영이 혀를 차며 말했다.
"네, 자칭 네이선 씨. 제가 사정도 있고 그

러니 질문 몇 개로 검증 시간을 좀 가져볼게요."

[어, 응. 그래. 어차피 본인이니 아무거나 질문해 봐.]

"우리가 처음 만났을 때, 기억해?"

[당연하지. 죽어가는 널 내가 구해줬잖아.]

"어, 그래. 그건 기억하네. 그럼 다음 질문. 그렇다고 해서 왜 나에게 연락을 한 거야? 레인이나 위그에게 연락하는 방법도 있었을 텐데."

"음, 솔직히 말하자면 레인은 왜 이제야 연락하냐며 화낼 것 같았고 위그는 먼저 너나 레인에게 알릴 테니. 너는 조용한 편이기도 하고 그러니?"

이를 들은 화영은 조용히 판단을 내렸다. 레인은 감정적으로 행동할 때가 있고, 위그는 먼저 유용한 정보 같은 것이 있다면 이를 동료와 공유하니까. 이런 이유로 자신을 선택한다니. 네이선 같긴 한데. 확인을 위한 결정타 하나가 필요했다.

숨을 들이쉰 화영이 조용히 되뇌었다. 할 수 있다. 할 수 있다.

"내 허벅지 안쪽에 점이 있는지 없는지 맞춰 봐."
[엑.]

그리고 디바이스 안에서 한동안 침묵이 일었다.

[아니 보여준 적 없잖아!]
"잘 아네. 너 네이선 맞구나?"
[그게 무슨 선택지 망겜같은 소리야.]
"그래서 연락 없이 잠수 탄 이유가 뭔데."
[범죄조직 보스 딸 납치하려다 감금당한 거 탈출했어.]
"?"
[본인이 집안에서 나가려고 의뢰한 거였는

데 나중에 미안하다고 보상금이랑 탈출도 도와주더라. 범죄조직 보스 딸인데 정작 내가 만나본 사람 중 손에 꼽힐 정도로 착했어.]
 "어어, 그래서 언제 올 건지 말이나 해."
 [내가 지금 조온나 떨어져 있어서 그러는데 차 한 대 보내줘.]
 "나 면허 없거든?"
 [자율주행 켜거나 무인택시 보내주면 되잖아.]
 "아하."

 깨달음을 얻은 화영은 통화를 끝낸 뒤 컵라면의 뚜껑을 연 뒤 젓가락으로 면을 휘휘 저은 뒤 한 아름 집고, 입에 넣었다. 면발을 씹어 넘긴 뒤, 국물을 마시면서 창밖을 바라보았다. 밖에는 어느 순간부터인지는 모르겠지만 비가 내리고 있었다.
 화영이 다시 남은 면발을 목구멍으로 넘기던 도중, 무인 택시가 창밖에 보였다. 택시가 멈추고 그 안에서 속이 붉은 기가 있는 갈색 머리에 나뭇잎을 떠올리는 녹색 눈을 가진, 화영의 또래로 보이는 소년이 택시에서 내렸다.

 문이 열린다. 딸랑-문에 달린 풍경이 흔들리며 소리가 났다. 안에 들어온 것은 아까의 그 소년이었다.

"음, 며칠만이지? 다녀왔어!"

 *

 속머리가 붉은 기를 보이는 갈색 머리에 녹색 눈을 가지고, 오른팔에는 기계팔을 찬 소년이 문을 열고 들어왔다. 다 먹은 컵라면을 쓰레기통에 버린 화영은 이를 보고, 소년에게 말을 걸었다.

"대화나 해보자 네이선. 무슨 일이 있으면 연락이 끊어지는 거야?"
"사정이 있었어. 범죄조직 보스 외동딸을 납치했다가 쫓겼거든. 잘못했다가 죽을 뻔했어."
"미쳤어?"

할 말을 잃은 표정을 지은 화영은 네이선을 쳐다보았다.

"워워... 그런 표정으로 보지 말고. 그 아가씨가 나에게 부탁한 거니까."

강제로 하기 싫은 약혼을 해서 납치당하더라도 꼭 나오고 싶었는데 집안 개 같아서 반쯤 내쫓기듯 나온 나랑 동질감이 들어서 그만 저질러버렸지 뭐야. 네이선의 말에 화영의 표정은 점점 썩어 들어갔다. 그냥 레인이나 위그에게 말했어야 했나. 조용히 화영이 생각했다.

"그건 그렇다 쳐도... 어떻게 살아나온 거야?"
"그 아가씨가 이렇게 될 줄 몰랐다고 수습하셨어. 수습하는 동안 감금당하긴 했지만."

그렇구나. 화영이 말을 꺼내려고 했을 때 다시 문이 열리면서 문에 달린 풍경의 소리가 났다. 딸랑- 그리고 그 안에서 나온 것은 컵라면 상자를 들고 나온 더티블론드에 갈색 눈을 한 기가 세 보이는 여성이었다.

"얘들아, 컵라면 사왔-뭐야? 네이선?"
"어... 음... 안녕 레인?"

어디 갔다가 이제 온 거야? 레인의 말에 네이선은 잠시 고민하다가 설명했다.

"범죄조직 보스 외동딸 납치하다가 죽을 뻔하고 감금당했는데?"
"뭐?"

"납치를 해서도 집 좀 나가게 해달라고 의뢰했는데 일이 좀 꼬여서 감금당했어. 그 아가씨가 뒷수습 해주셔서 나가긴 했지만."

빠꾸 없는 네이선의 말에 레인은 어이가 없다는 표정으로 네이선을 쳐다보다가 화영을 쳐다보았다.

"아까 니들 대화할 때 쟤가 뭐라고 했는지 알 수 있을까?"
"방금 레인에게 한 말과 토씨 하나 안 틀리고 같은데."
"…"

레인의 표정이 한층 더 이상해졌다. 그녀는 컵라면 박스를 옆에다 놓은 뒤 안으로 들어서고, 방문을 거칠게 열었다.

"야, 위그! 지금 안에 있어?"
"깜짝아. 문 열 때는 노크하고 들어오라고

했잖아...."

어두운 방 안에는 여러 컴퓨터와 기계 부품이 은은한 빛과 소음을 내고 있었고 그 안에선 위그가 컴퓨터 모니터를 보고 있었다.

"네이선 왔다."
"뭐?"

레인의 말을 듣고 놀란 위그가 레인을 쳐다보았다. 이 풍경을 본 화영은 조용히 생각했다. 환장하겠네.

*

"... 그래서 범죄조직 보스 외동딸의 의뢰로 그 딸을 납치했다가 죽을 뻔하고 풀려났다고?"

"응. 요약하자면 그렇지. 원래라면 의뢰한 내용에 실패해서 보상이 없었겠지만, 그 따님이 미안하다고 보상도 했어. 범죄조직 보스 딸인데 정작 내가 만난 사람 중 손에 꼽힐 정도로 예의 바르고 착한 아가씨더라. 연락처도 받았어."

"진작에 이렇게 말해주지 그랬니...."

위그의 요약으로 인한 상황을 어느 정도 정리했을 때 레인이 말했다.

"그러면 그 보상은? 곧 우리 전깃세랑 월세 내야 하거든?"
"곧 통장에 입금할 거야."
"그래. 그건 좀 다행이네."

의뢰를 통해 생계를 해결하는 픽서인 그들의 입장에서는 새로운 돈을 얻은 것은 다행이었다. 특히 목숨이 왔다갔다 할 수 있는 의뢰도 많다는 점에서 말이다.

"그러고 보니 최근에 받은 의뢰 없어? 벌 수 있을 때 더 벌어야지."
"잠깐만. 여기 화면에 정리했어."
"따로 모아둔 건 뭐야?"
"형이 따로 찾아준 거."
"오케이."

해결할 의뢰가 있냐는 질문에 위그가 태블릿 화면에 받은 의뢰를 보여주면서 말했다.

"최근에 고양이 찾기, 가게에서 절도를 일삼는 좀도둑 퇴치 등이 들어와 있어."
"야, 잠깐만. 실종된 오빠를 찾는다는 의뢰는 왜 빼?"
"그거 몇 년 전 있던 이그니스 코퍼레이션이었나, 거기 대기업 사장 아들 실종이랑 같은 사람을 찾는다는 거야. 그거 몇 년 전에 찾는다고 했는데도 안 나와서 죽었을 거라고 추정되었는데 그 사장 죽고 딸이 새로 의뢰 뿌렸다고 하는데."

"아 그거였어? 음모론도 있었지."

평소와 달리 가만히 앉아있는 네이선과 대화하는 위그와 레인을 무시하고 화영은 화면에 나타난 오빠를 찾는다는 의뢰에서 실종됐다는 남자-이름이 너새니얼이라고 하던가의 사진을 보았다. 붉은 머리에 나뭇잎을 닮은 녹색의 눈을 가진 소년이 보였다.

'어디서 본 사람 같은데.'

조용히 생각하던 화영에게 네이선이 말을 걸었다.

"무슨 일 있어?"
"별 건 아니고, 어디서 본 사람 같아서."

어디서 봤더라... 가만히 생각하던 화영은 자신의 근처에 있는 네이선을 보고, 사진을 바라보았다.

"그러고 보니 이 사람, 네이선 닮지 않았어?"
"어?"

아니 잠깐만. 네이선이 고장 난 로봇마냥 버벅거렸다. 네이선의 반응이 이상한 것을 느낀 레인이 네이선을 보며 말했다.

"생각해 보니 쟤 여기 오게 된 것도 화영이가 길바닥에 쓰러져 있던 거 데려온 것 아니었나? 뭔가 뒤가 좀 구린 것 같은데."
"음, 레인과 위그도 같이 일하면서 만나게 된 거 공유 주거로 같이 살게 된 게 아니던가. 아, 그리고 나 잠시 화장실 좀 다녀와도 될까?"
"조용히 하고, 우리 대화 좀 하자?"

레인이 환하게 웃으며-정작 눈은 하나도 웃고 있지 않았던 것은 함정이었지만-네이선의 어깨를 강하게 잡았다. 신체 강화 시술의 영향으로 강한 힘을 가지고 있었기에 어깨를 잡힌 네이선이 움찔했다.

"... 무슨 대화를 말하는 거야?"
"너에 관한 것?"
"아니... 그러니깐 뭘 말하고 싶냐고."
"너 그동안 떠들어도 자신에 대한 것은 말 안했잖아. 대화 좀 하자?"

항복. 말할게. 그러니 좀 놔줘라. 네이선의 항복 선언으로 레인이 손을 놓자, 그는 긴장이 풀렸다는 듯 한숨을 내쉰 뒤 말했다.

"묻고 싶은 것이 뭐야?"
"니 과거랑 이 사람과의 연관성."
"... 미치겠네. 그래. 이야기해줄게."

네이선은 한숨을 내쉰 뒤 냉장고에서 콜라 캔을 꺼내서 한 모금 마신 뒤, 다시 말했다.

"그래, 솔직히 말하자면 이 사람, 나야."
"?"
"?"
"?"

? 왜. 원하는 답변 아니었어? 네이선의 폭탄 발언에 단체로 얼이 나간 것은 그 다음이었다.

*

"그냥 처음부터 이야기하지 않으면 뭐가 덧나?"
"알았어. 처음부터 무슨 일이 있는지 이야기하면 되잖아."

한숨을 들이킨 네이선은 다시 말했다.

"여기서는 기업 중 많은 것들이 뒤가 구리잖아. 사장 아들인 내가 봐도 우리 이그니스 코퍼레이션은 썩었어. 마찬가지로 뒤가 많이 구린 5번째였나, 거기 기업 사장 딸인 약혼녀도 하나 있었는데 처음부터 그쪽 몸이 약해서 몇 번 만나지도 못하고 죽었어. 나이 차이가 크게 나도 사람 좋아하고 유쾌한 누나였는데."

"그래서 그다음은?"

"동생이랑 말이 잘 통해서 썩은 부분부터 뜯어고치는 것은 어떠냐고 하고 어느 정도 합의했는데 얌전했던 동생에 비해 내가 반골이니 뭐니, 많이 튄 모양인지는 몰라도 내 쪽에서 들켜서 아버지 쪽 충실한 깔인 경호원에게 쫓기고 실종 당했어. 동생은 안 들켰더라."

"그다음은?"

"반쯤 죽을 뻔했는데 지나가던 누구누구가 구해줬지. 처음에 그 누나랑 진짜 많이 닮아서 저승에서 안부 전해주는 줄 알았어. 그 뒤는 너희들도 잘 알 것 같으니 생략."

네이선이 화영을 보면서 말을 마쳤다. 화영은 머릿속에서 할 말을 정리한 뒤 말했다.

"그러면 그때 처음 만났을 때 그 상태였던 이유가 그거였구나."
"그렇지. 그동안 목숨이 관련된 중대한 문제여서 말 안 한 거야. 그러니 조용히 넘어갔으면 좋겠어."
그동안 평소의 가벼운 분위기가 아닌, 진중한 분위기의 네이선에, 다른 일행은 조용히 있었다.

"... 그런데 동생이 너 찾는다는 이야기는 니 편이 있다는 소리 아니야? 말이 잘 통한다는 점도 더해서 말이야."
"어?"

그게 그렇게 되는 건가? 예상 못 했다는

것 같은 네이선의 반응에 레인이 한숨을 내쉬었다.

"생각해 보니 그게 맞는 것 같은데.."
"그러면 거기로 가자. 회사 건물 최상층이랬지? 차고에 차 있으니까 빨리."

그렇게 그들은 차 키를 챙긴 뒤 거주 공간 밖으로 나가 차고에서 차를 꺼내고 시동을 걸었다.
"자동주행 모드, 1구역으로."
[자동주행 모드로 전환, 안내하겠습니다.]

부릉-하는 소리와 함께 자동주행 모드로 전환된 차는 목적지로 그들을 이끌었다.

어두운 밤하늘을 밝게 비추는 전광판, 높이 서있는 빌딩들과 네온사인 그 아래로.

"도착했다."
"혹시 모르니 무기는 챙길게. 나랑 같이 갈 사람?"

네이선의 말에 셋은 서로를 쳐다보다가 결론을 내렸다.

"나는 현장 체질이 아니니 남을게. 레인이랑 화영은 어떻게 생각해?"
"난 윗사람이랑 대화하는 능력이 없어서. 같이 남는다."

작게 한숨을 쉰 화영이 말했다.

"사람 비위 맞춰주는 것도 자주 해봤고, 혼자 가면 이상할 테니 같이 갈게."

'아버지, 당신이 다른 사람의 인생에 별 도움은 안 주고 오히려 해만 미친 듯이 끼쳤고 제 인생에도 씨게 영향을 끼쳤지만 어렸을 때 가르쳐준 사람 비위 맞추는 것은 사골처럼 우려먹네요.'

말한 화영은 조용히 생각했다. 애초에 친가족도 아니고, 길가를 떠돌던 것을 데려온 거지만 사람처럼 키워준 것은 사실이니까.

"그래. 주머니에 통신기 넣어놨으니 무슨 일 생기면 도와줄게."

위그의 말을 들은 화영과 네이선은 좌표에 찍힌 건물 안으로 들어갔다.

건물 안에는 안내원으로 보이는 사람이 있었다.

"어서 오세요. 무슨 일이 있으셔서 오셨나

요?"
"여기 의뢰주 분께 드릴 말씀이 있어서요. 잠시 의뢰주 분과 대화가 가능할까요?"

그 말을 들은 직원은 무전기를 들고 누군가와 대화를 시작했다. 얼마나 지났을까. 대화를 마친 듯한 직원은 다시 말했다.

"아가씨께서 뵙기를 원하십니다. 안쪽으로 들어가 주세요."
직원의 안내에 따라 유리로 된 엘리베이터로 들어간 그들은 타워 최상층으로 올라가는 모습을 보며 가만히 있었다.

"너네 집은 이렇게 높아?"
"쉿. 우리 곧 동생이랑 긴 대화의 시간을 가져야 해."

대화가 끝날 때쯤 직원은 최상층에 있는 어느 방으로 그들을 안내했다.

"아가씨께서 준비하신 만남의 장소입니다. 안쪽으로 들어가 주세요."
"네에."

문이 열리자 안에 보인 것은 앳된 모습의 불처럼 붉은 적발과 나뭇잎을 닮은 녹색 눈을 가진, 보기에는 네이선과 성별만 바뀐 것 같이 보이는 소녀가 자리에 앉아무어라 말하며 태블릿을 내려놓고 있었고, 그 옆에는 검은 옷을 입고 신체 부위에 기계장치가 보이고 팔뚝에는 마크가 달린 덩치 큰 금발의 사내가 있었다.

"어, 으."

그의 모습을 본 네이선이 부자연스럽게 반응했다.

"왜 그래?"
"저 남자, 아빠 경호원이자 비서인데 평소

에 더러운 일을 하고 있고 내 팔 자른 사람이야."

조용히 화영이 속삭이며 물었고 네이선이 대답했다. 사내는 조용히 그들을 보고만 있었고, 네이선을 본 소녀는 작게 웃으며 말했다.

"의뢰인인 리사라고 합니다. 기다리고 있었어요. 특히 오빠, 너새니얼을. 아, 그리고 혹시 옆에 계신 분에 관해 물어봐도 될까요?"

*

"아, 안녕하세요. 현재 네이, 아, 너새니얼과 동행중인 화영이라고 합니다."

일단 상대가 물어본 것을 알려준다. 조용히 화영은 리사의 답에 답해주었다.

"아하. 그렇군요. 믿을 수 있는 상대는 맞죠?"
"걱정 마 동생아. 얘가 날 죽이려면 진작에 죽였지, 이렇게 데리고 다닐 애는 아니야."

하하. 작게 웃은 리사는 네이선을 보고 말했다.

"음, 일단 미안. 오빠가 실종 당하자 찾으려고 했는데 조금 늦어버렸어."
"동생아, 그 조금이 조금이 아니지 않니. 그리고 경호원 좀 밖에 보내주면 안 될까?"
"그래도 이런 상황에 경호원은 필요하지 않을까. 아버지가 곁에 둔만큼 유능하기도 하고. 어쨌든, 여기에 대해 좀 더 파보다가 아버지가 벌인 일 중 다른 기업도 연관되어 있더라. 오빠와 연관된 사람 일이기도 해. 일단 이거 받아서 확인 해 봐."

리사가 네이선의 손에 포장된 작은 usb 메

모리를 건네주었다.

"스톱. 이게 뭐야?"
"잘 들어. 중요한 사람들에게만 알려주는 거니까. 아는 사람들도 후계자들 말고는 없어. 정보를 나눴거든. 아버지는 다른 기업과 협력하면서 무언가를 함께 연구했어. 그것에 대한 거야. 그건-"

푹-

한순간이었다. 경호원이 검으로 리사의 가슴팍을 꿰뚫은 것이.

"어?"
"죄송합니다. 아가씨. 악감정은 없었습니다만 너무 많은 것을 아셨습니다."

휙. 그가 그대로 팔을 올리자 리사의 윗부분은 그대로 세로로 양단 당했다. 털썩, 하는 소리와 함께 바닥에 내용물이 흘러나왔다. 네이선의 비명이 울려 퍼졌다.

"아니 미친, 아, 일단 살아야 복수든 뭐든 하지. 빨리 튀어!"

화영은 갑작스러운 상황에 반쯤 패닉 상태에 빠진 네이선을 끌고 문밖으로 빠져나왔다.

"보안팀께 긴급 안내 드립니다. 리사 아가씨께서 살해당하셨습니다. 살해자는 그 오빠인 너새니얼. 기밀 정보도 훔쳐 도주 중이며 빠른 지원 부탁드립니다."
"제길, 니 동생 뇌 뽀개진 이상 못 살리니까 일단 달려!"

네이선은 정신이 든 것인지 위그가 준 통신기를 들고 뛰면서 말했다.

"위그, 레인? 듣고 있으면 상황은 알 텐데 일단 비상구로 움직여야 할 것 같은데 우리 망했어!!"

"그냥 창문 깨고 뛰어내리는 건? 너 신체 강화도 받았고 팔에 와이어도 있으니까 창틀이든 뭐든 어디 고정하고 뛰어내리면 되지 않을까?"

"아니 잠깐만, 여기가 몇 층인데?"

"여기 있다가 총 맞아서 죽건 실수로 떨어져서 죽건 죽는 건 똑같거든?"

'에라이, 이러나저러나 삐끗하면 죽는 건 똑같으니 도박이나 해보지.'

화영이 가방 안에서 글록을 하나 꺼내 유리창에 쏘았다. 와장창하는 소리와 함께 유리가 산산조각이 나며 스친 유리 조각 때문에 피가 흘러내려 바닥에 떨어졌지만 그런 걸 신경 쓸 여유가 없었다.

옆의 유리도 쏘아서 같이 유리를 깬 뒤 네이선의 의수에서 갈고리가 달린 와이어를 고정시켰다.
"생각해 보니깐 넌 와이어 없잖아. 어떻게 하려고?"
"너 붙잡고 뛰어내리려고 했는데."
"그게 맞아?"

네이선이 그게 맞냐는 표정으로 쳐다보았다. 뭐. 왜. 화영이 대꾸했다.

"그... 완강기 타듯 내려가면 될 것 같은데 똑바로 잡을 수는 있지? 일단 내 허리띠로 연결한다던가."
"여기 있다!!"

"아 그냥 뛰어내려!!"

화영이 네이선의 허리를 강하게 붙잡고, 네이선이 뛰어내렸다. 다행히도 의수 안에 있는 와이어가 나오면서 완강기 타듯 둘은 내려가게 되었다.

"전부터 느끼는 건데, 너 힘 진짜 센 것 같아."
"그런가? 그런데 이거 와이어 얼마나 남은 거야?"
"곧 다 될걸? 그리고 니가 그걸 몰랐다는 것이 더 충격인데."

턱, 무언가 걸리는 느낌과 함께 그들은 공중에 매달려 걸린 꼴이 되었다.

"... 지금이 한 10층? 9층 높이 정도인 것 같은데."
"밑에 호수가 있으니 운 좋으면 다리 한두 개 부러지고 살 것 같아. 물론 넌 신체 강화 했으니 더 튼튼하겠지. 그리고 통신기에서 위 그가 밖에 차 대놨다고도 하니까...."
"정 뭣하면 날 쿠션처럼 쓰는 건... 무리인

가."

"무리. 그때 니가 뭐든지 보상하겠다고 한 것 여기 와서 일 한 것으로 아직 다 못 받았다.."

 감이 좋지 않다. 그런 예감이 들자 툭, 하는 소리와 함께 와이어가 끊어졌다. 아니, 잘린 것인가? 지금 상황에선 그것이 중요하지 않지만 말이다.

"미친!!"
"떨어진다!!!"

'음, 조졌네.'

 옆에서 시끄럽게 비명을 지르는 네이선을 무시하면서 조용히 화영이 생각했다.

*

철벅.
 호수 안에서 물 먹은 듯한 검은 머리의 소녀가 한 손에는 정신을 잃은 듯한 또래로 보이는 소년을 업은 채로 기어 나왔다.

'급하다고 쿠션 삼아 쓰지 말 걸 그랬나….'

 무엇보다 의수나 신체 강화, 장비의 영향으로 들고 가기엔 상당히 무겁고 다리도 아프다. 물론 화영도 어디 가서 힘이 약하다는 소리는 듣지 않았지만 말이다.

 일행들이 있는 쪽으로 네이선을 업고 가던 화영은 인영을 발견했다.

 "그쪽은 아무 연관도 없지 않습니까? 그만 넘긴다면 목숨만은 살려주도록 하겠습니다."

'아 씹….'

눈앞에 나타난 경호원이 거래를 제안하는 모습에 조용히 화영이 생각했다.

"아, 예. 잠깐 이 녀석 좀 내려놓고요."

철벅, 하는 소리와 함께 네이선이 바닥으로 떨어졌다. 경호원이 네이선에게 손을 대려고 했을 때-

"그래야 무기 쓰기가 편하니까요."

-탕!

화영이 경호원의 머리에 총을 쏘았다. 탕, 탕, 탕, 탕. 머리에 총을 여러 대 맞은 경호원은 쓰러졌다.

"어, 레인. 여기 호수공원 근처인데 빨리 차 끌고 와주면 안 될까? 네이선의 상태가 좀 좋지 않아서."
 [지금 가고 있어! 곧 도착!]

 그럼 다행이네. 네이선은 언제 정신 차리려나. 다시 네이선을 들고 발걸음을 올리려는 화영의 뒤에서 무언가 움직이는 소리가 들렸다.

 "쓸데없는 짓을…"

 '요즘은 머리에도 장치를 이식한다는 소식이 사실이었나.'

 화영이 고개를 돌리자 보인 것은 무기를 자신에게 겨눈 경호원이었다. 음, 조졌네. 간단하게 결론을 내렸을 때, 자동차 하나가 갑작스러운 속도로 돌진했다.

-쾅!

와우. 무슨 일이 일어난 것이지. 돌진한 자동차는 경호원을 쳤다. 차에 치인 경호원은 우당탕 소리를 내며 엎어졌고, 차의 문이 열리면서 나온 것은-

"빨리 차 안 타고 뭐 해?"
"왔구나."

위그와 레인이 보였다. 나이스 타이밍. 조용히 생각한 화영이 네이선을 끌고 차에 탄 건 그다음이었다.

*

"뭔 일이 있던 거야?"

"무슨 기업과 관련된 중요한 비밀 같아. 그러지 않고서야 그렇게 대기업 사장 딸을 한 번에 썰지 않겠지."
"아니 그게 아니라 네이선에게 뭘 한 거냐고."

레인이 차를 운전하면서 룸미러로 네이선을 흘깃 보면서 말했다. 정신을 차린 네이선은 컥컥대면서 물을 토하고 기운이 없다는 듯 조용히 의자에 기대고 있었다.

"떨어질 때 쿠션 삼은 거의 영향인지 충격이 좀 큰 모양이더라."
"아하."

조수석에 앉은 위그가 고개를 돌려 화영을 쳐다보았다. 그래도 둘 다 죽거나 크게 다치는 것보단 하나 더 사는 것이 낫지 않냐는 듯한 화영의 표정에 분명 어렸을 때는 순하고 착했는데... 라고 중얼거렸다.

"일단 차 번호판부터 바꿔야 할 것 같아."
"그래. 좀 멀리 갔을 때 갈자."

차를 더 운행했을 때 위그가 무언가를 본 것인지 디바이스를 보여주며 말했다.

"긴급 공지. 이그니스 코퍼레이션에서 우리를 수배했어. 빨리 내려서 차 번호판을 갈던가 해킹해서 정보에 혼란을 준다든가 해야 할 것 같아."
"하... 씨, 좀 있다가 갈려고 했는데."

혀를 찬 레인이 차를 골목 구석으로 끌고 간 뒤 멈췄다. 그리고 내려서 차 트렁크에 공구상자와 위조된 차 번호판 표지를 꺼낸 것은 그 다음이었다. 기계 돌아가는 소리와 함께 소음이 들리고 이내 조용해졌다. 트렁크 닫는 소리가 들린 뒤, 레인이 다시 차에 탔다.

*

"객관적으로 봤을 때 우린 망했다. 그것도 심각하게."
"그걸 누가 몰라?"

추격을 피해 1구역에서 벗어난 뒤 셀프 주유소에서 레인이 차량에 연료를 넣으며 말했다. 그들의 차는 태양광 충전도 가능하지만, 미리 연료를 넣는 것이 좋을 것이라는 판단이었다.

"지금 상황이라면 우리 거처도 털렸을 가능성이 높아. 그러니까 차에서 잘 가능성이 높다는 소리다."
"그건 좀 큰일이네."

내 담요.. 컴퓨터들.. 위그가 조용히 조수석에 머리를 박으며 중얼거렸다.

"누군가 통수 안 칠 사람에게 부탁해서 남은 물건 가져와달라고 하는 건? 그리고 어디 한적한 시골에서 농사지으며 살자 그냥."

"그래... 그렇다 치자. 그런데 우리 주변에 그런 사람이 있던가? 그리고 요즘 시골에서 농사를 지어. 다들 배양을 하지."

"수요는 있긴 해. 이런 게 건강하다고 믿는 사람이 있긴 하더라. 그리고 니네 형 있잖아. 도박 중독이 씨게 걸리긴 하지만 그거 뺀다면 믿을 만하고."

그 말을 들은 위그는 조용히 고민했다. 지금은 따로 떨어져 지내지만 본래 자신과 함께 지냈고, 합동 임무를 하다 함께하게 된 깐깐한 레인이 인정하는 것도 생각하고 자신과 지낸 것도 있으니 믿을 만한 사람이다.

레인의 말에 위그가 연락용 디바이스를 꺼낸 뒤 누군가에게 연락을 취했다. 조금의 시간이 지나자 그의 얼굴이 화색을 띠면서 이런저런 이야기를 했다. 툭, 레인이 위그의 어깨를 치자 그는 디바이스의 스피커 장치를 켰다.

"어, 형! 나 위그인데 도움 좀...."
[그래, 동생아. 너네 거하게 한 건 했더라. 뭔 생각으로 대기업 사장 딸의 목을 딴 거야?]
"그거 누명이야. 형도 내가 누구 목 따기 전에 내 목이 먼저 따일 것도 잘 알잖아."
[그래. 니 체력과 힘을 보면 충분히 알지. 그런데 뭐 하러 연락한 거야? 지금 너네 상황 때문에 의뢰 전달을 해도 효과는 없을 텐데?]
"거처에 가서 물건 좀 가져다주면 안 될까?"
[레인이 그렇게 해달라고 하던?]
"아니, 그거야... 하...."
[뭐, 농담이고 나중에 돈이나 좀 줘. 그래서 뭘 챙기면 되는데?]

"잠깐만."

위그가 디바이스를 들고 입 모양으로 말했다. 성공. 차 안의 분위기가 달아올랐을 때였다.

[야... 위그야... 니네 거처 털렸는데? 진짜 탈탈 털렸다.]
"... 혹시 거기 남은 거 없어?"
[니 애착담요 하나는 남아있네. 아. 충전기 하나도 있다.]
"그것도 중요하긴 한데 책상 밑에 붙어있는 종이봉투는 남아있어? 그거 중요하거든."
[아, 하나 있네. 이거 비상금이지?]
"맞아."
[안에 몇 장 가져간다? 시켰으면 받는 것도 있어야지.]
"그래... 알겠는데 도박에는 쓰지 마. 제발."
[내 손에 들어온 이상 이 돈은 내 거야. 내 마음대로 할 수 있는 것이지. 그러니까 니가

상관할 바는 아니란다.]

"그리고 네이선 방 컴퓨터 책상 서랍이 사실 물건 숨기기 좋게 개조된 이중서랍인데 거기에 네이선이 레인 몰래 산 고 사양 노트북이 남아있는지도 확인도 가능해?"

[오케이.]

디바이스에서 서랍 여는 소리가 들렸다. 레인이 죽일듯한 표정으로 네이선을 쳐다보자 네이선이 시선을 회피하려는 듯 고개를 돌림과 함께 위그를 쳐다보았다. 나쁜 것. 조용히 네이선이 중얼거렸다.

[오, 비싼 것 같은데 용케 털리지 않고 남아있네. 이제 된 거지? 어디에서 만나면 될까?]

"지금 거기가 4구역이고 여기가 2구역이니.. 3구역에서 만나자."

[오케이. 3구역 진입하면 다시 연락해라.]

뚝. 통화가 종료되고 위그가 레인을 보며 말했다.

"그동안 레인이 운전했으니 지금부터는 내가 운전할게. 알겠지?"
"그래. 알았어."

 차의 문이 열리고 조수석에 있던 위그가 운전석에 앉고, 운전석에 있던 레인이 조수석에 앉았다. 안전벨트 메는 소리가 들린 뒤, 차는 다시 도시를 향해 움직였다.

*

 도시에서는 저마다의 구역과 5개의 대기업이 있고 각 구역에서는 사람들의 의뢰를 해결하면서 생계를 꾸리는 픽서들이 있다. 그들은 다양한 의뢰를 해결하며 살아간다.
"이쪽은 이번에 같이 의뢰를 해결할 픽서 분입니다."

의뢰를 신청한 사람이 한쪽의 픽서들을 다른 한쪽의 픽서들에게 소개시켰다.

"오, 안녕하세요. 이현이라고 합니다."

흑갈색 머리와 검은 눈을 가진 남자가 말했다.

"... 안녕하세요. 네드입니다."
"이쪽은 제 동생인 위그에요!"

자신을 네드라고 소개한 사람 앞에서 현은 기계부품을 만지작거리는 검은색에 가까운 진갈색 머리의 소년을 소개했다.

"아, 예."

같은 의뢰를 받아 함께 수행해야 할 상황에 부닥친 픽서들은 서로를 보고 간단히 자기소개를 나누었다. 네드라고 자신을 소개한

자는 자신의 앞에 있는 금발을 가진 소녀를 보고 한숨을 쉬더니 말했다.

"... 저 녀석은 같은 소속인 레인입니다."

이 모습을 지켜본 의뢰를 신청한 사람은 자신이 의뢰를 신청한 이유가 되는 장소로 그들을 안내했다.

"그래서 여기 건물 안에 있는 사이비랑 그 잔당들을 처리하면 되는 거지?"

"네. 맞습니다. 그러면 행운을 빕니다."

의뢰인의 말에 그들은 건물 안으로 향했다. 무슨 일이 일어날지도 모르는 채로.

　각 구역은 당연하게도 성향도 다르다. 그리고 그들이 간 4구역은 다른 구역에 비해 상대적으로 순한 성향을 지니고 있었다.

　"여보세요? 형? 우리 4구역 진입했어."
　[그래. 보인다. 저기 허옇고 앞 좀 찌그러진 봉고차 맞지?]
　"응. 맞는데."
　[그래... 나 통화 끊는다.]

　통화가 끊어지고, 이들의 앞에 흑갈색 머리의 남자가 손을 흔들고 있었다.

　"어, 형. 물건은 가져왔어?"
　"그래. 가져오긴 했는데 나 잠시 차 좀 타도 되냐?"
　"또 카지노 갔다가 날려 먹었어? 아니면

빠칭코?"

"아니 그게 아니라, 설명하자면 좀 복잡한데-"

"설명이나 해. 아, 그리고 여기 뒤에 탄 남자애는 전에 내가 말했던 네이선이야."

"아, 얘가 전에 말한 걔야? 그리고 설명은 차에 타서 해도 되는 거지?"

차의 문 잠금을 푸는 소리가 들림과 함께, 자연스럽게 차에 탄 남자는 매우 자연스럽게 자리에 앉았다.

"어, 화영아. 오랜만이다."

"응. 그래."

"여기는 내가 이전에 말했던 형인 이현이라고 해. 도박 중독인 것만 빼면 괜찮은 사람이야."

"아, 예. 안녕하세요."

"어. 그래 안녕. 아, 그리고 짐은 뒤에다 놓는다. 알겠지?"

"그래. 알겠어. 그런데 무슨 일이 있던 거야?"
"내 가족 사정이긴 한데, 묻고 싶은 것이 있어서. 정보만 좀 얻고 내릴 거야."

위그의 물음에 현이 자신이 챙겨온 짐을 뒷자리에 놓다가, 잠시 생각하다가 말했다.

"니들이 간 데가 이그니스 코퍼레이션이었지?"
"응. 그렇지."
"거기에서 모은 정보 같은 거 없어?"

현의 말을 들은 화영은 무언가 생각났다는 듯 네이선에게 말했다.

"아, 그러고 보니 네이선, 니 동생이 너에게 usb를 하나 주지 않았어?"
"그건... 그랬지. 그런데 분위기 봐서는 그게 꽤 중요해 보이는 정보 같은데."

둘의 말을 들은 현은 말했다.

"아, 걔가 그 거기 사장 아들이야?"
"아, 네."
"그러면 좀 예전 일이긴 한데, 이그니스 코퍼레이션에 들린 픽서 부부에 대해 알고 있어?"

현의 말을 들은 네이선은 곰곰이 생각하다가 현에게 말했다.

"죄송하지만 픽서 부부에 관한 것은... 저도 잘 모르겠어요."
"... 그러냐. 내가 니들 또래 때 일이라서 잘 모를 수도 있겠네. 알겠어."

한숨을 쉬고 의자에 편하게 자세를 바꾼 현에게 위그가 말했다.

"형, 무슨 일인데 그래?"

"너도 알잖아. 내 일. 예전에 사라진 부모님에 대해 찾던 중 이그니스 코퍼레이션에서 목격했다는 정보를 찾게 되었는데 마침 타이밍이 좋게 관련 인물이 나왔네?"
"아...."

현의 말을 들은 위그는 이해했다는 듯이 고개를 끄덕였다.

"그런데 말을 들어보니, 이 usb에 무슨 내용이 있는지 알아봐야 할 것 같아. 컴퓨터 있어?"
"뒷자리에 짐 옮겨왔으니 그거 보면 될 거야."

네이선은 뒷자리에서 가방 안의 노트북을 꺼내고 그 내용을 확인하기 위해 usb를 꽂았다.

*

"야, 잠깐만, 이거 왜 이리 뻑뻑해?"

네이선이 노트북에 usb를 꽂으면서 말했다. 뻑뻑해서 잘 안 들어가는 usb를 밀어 넣으려고 애쓰던 도중, 쑥, 하고 들어간 usb를 보고 노트북의 파일 탐색기로 usb 안의 파일을 노트북에 복사한 후 usb를 주머니에 넣은 뒤 내용을 보았다.

"야, 잠깐만. 이게 무슨 내용이야?"
"뭔데 그래?"
"무슨 기술에 대한 것 같은데?"

다들 봐봐. 네이선이 노트북 화면을 돌려서 주변의 사람들에게 보여주었다. 위그는 내용 확인을 위해 잠시 차를 도로 구석으로 몰아 멈췄다. 노트북의 화면에는 설계도로 보이는 칩이 보였다.

[프로젝트:BC]

[해당 프로젝트는 인간의 의식을 전자공간에 이식할 수 있는지를 다루고 있다.]

노트북의 화면에는 뇌의 구조가 상세하게 나와 있는 그림이 보였다.

"야, 잠깐만. 이게 그러면 뇌를 사이버 공간에 때려 박는 기술이라고?"
"그런 것 같은데?"
"그런데 너네 동생이 다른 기업과 연관되었다고 했잖아. 그러면 이걸 다른 기업도 알고 있는 거야?"
"잠깐만, 끝인데 요약하면 사람의 의식을 사이버 공간에 때려 박는 기술이야."
"뭐?"
"사람의 의식을 사이버 공간에 때려 박는

기술이라고."

"아, 그러고 보니 니 동생이 후계자들이 관련된 자료를 나눠서 가지고 있다고 하지 않았어?"

"그랬지."

"그러면 그 후계자들, 찾아가야겠네."

".. 그런가?"

곰곰이 생각하던 네이선을 레인이 고개를 돌려보며 말했다.

"그래, 알겠는데 너희들이 그 후계잔지 뭔지를 만나러 갈 처지는 되니? 일단 나는 수배도 되고 할 일도 끊겼으니 돕기는 할 거다만."

"그리고 4번째 기업이었나, 거기 후계자는 죽지 않았어?"

"아, 그랬지."

"그럼 거긴 생략해야 하나.."

자료를 검색하던 위그의 디바이스 화면은 뉴스 기사 하나를 보여주었다. 디바이스에는 검은 머리 소녀의 사진과 벤투스 코퍼레이션 사장의 딸의 사망 소식이 있었다.

"오, 나랑 비슷하게 생겼네."
"나도 처음에 보고 놀랐어."

네이선이 답했다.

"그래서 갈 거야 말 거야?"

레인의 말을 들은 네이선은 더 고민을 하다가, 큰 결심을 했다는 듯 입을 열었다.

"어쩌겠어, 해야지. 내 동생이 뭐 때문에 죽어야 했던 것인지 아는 것도."
"오, 그래. 그런데 나 내려도 되겠니?"

현의 말을 들은 위그가 운전을 하다가 잠

깐 룸미러를 흘긋 보더니 말했다.

"형, 미안한데 방금 고속도로에 진입했는데 내릴 수 있어?"
"야 아니 어디 갈 줄은 몰랐지."

현을 한심한 표정으로 본 레인이 말했다.

"그러면 물건만 주고 내리지. 누가 차에 타라고 칼 들고 협박했어요?"
"아니 그러니까 나는 물어볼 게 있으니까."
"그러면 차 세우고 물어보면 되는 거 아니야?"

회영의 말에 현이 말했다.

"화영아? 넌 믿었는데."

난 그냥 순수하게 궁금해서. 세상에 믿을 새X 하나도 없네 아이고- 현은 앞자리의 의자에 머리를 박고 장난스럽게 말했다.

"그런데 우리 어디로 가는 거야?"
"나도 몰라. 그냥 이 상황에 가만히 있는 것은 좋지 않다고 생각해서 그냥 물 흘러가듯이 가고 있어."
"2구역으로 갈 수 있을까?"
"거긴 왜?"
"그쪽에 리사 친구가 있어서. 뭔가 도움을 받을 수 있지 않을까?"

"친구 죽인 살인범이라고 칼 맞지는 않을까?"
"도박 관련 일과 무기 산업을 하니 칼 대신 드럼통 공구리나 총 맞고 죽을 가능성이 더 높지 않을까?"
"더 최악이잖아."

회영이 네이선을 흐릿한 눈으로 쳐다보았다.

"자칫하다 죽는 건 똑같지 않아?"
"아니 애초에 죽는 걸 전제로 깔아놓는 것이 더 문제 아니야?"
"잠깐만, 휴게소다."

 위그가 차를 휴게소 쪽으로 돌린 뒤 주차장에 주차했다.

"다들 화장실 다녀와. 먹을 거 몇 개 사올 테니까."

 위그가 차에서 내리고, 현도 따라붙었지만, 어느 순간 차에서 잠든 레인과 이야기를 하던 네이선과 화영은 내리지 않았다.

"내가 언제 다 죽는다고 했어? 자칫하다 죽는다고 했지."
"아니 그 전에-"
"먹을 거 사왔다. 먹고 말해."

화영과 네이선의 말이 심화될 무렵 알감자를 먹던 현이 한 손에는 회오리 감자, 다른 한 손에는 호두과자 상자를 들고 왔다.

"잠깐만, 우리 어디까지 말했지?"
"네가 언제 다 죽냐고 했냐고 했지."

회오리 감자를 한 손에 든 화영과 호두과자를 받아 꺼내먹는 네이선이 말했다.

"아.. 뭔 일 있었냐?"

둘이 이야기 하는 소리에 레인이 깼고, 깬 레인에게 위그가 통옥수수를 주었다.

"아니, 화영이랑 네이선이 네이선 동생 친구 만나러 가는 게 안전할까 토론하다가 과연 죽을까로 주제가 바뀌었어."
"아, 그러니까 의견이 안 맞는다는 소리지?"

레인이 잠깐 생각한 뒤, 통옥수수에 꽂혀있던 꼬치를 양손으로 부러트리고 말했다.

"자, 화영, 네이선. 잘 봐. 꼬치 하나는 잘 부러지지?"

'협동의 중요성을 알려주려는 건가?'

레인은 쓰레기 봉지에 있던 나무젓가락들과 꼬치 여러 개를 겹친 뒤 다시 양손에 들었다.

"자, 여러 개를 겹쳤을 때 부러뜨리는 것을 시도하면..."

-우드득!

"어.. 내가 이렇게 무서워. 그러니까 잘 때 시끄럽게 하지 마라."

"..."

나무젓가락과 꼬치들이 간단히 부러지자, 레인은 예상 못 했다는 듯 부러진 나무젓가락들과 꼬치를 보더니, 잠깐 생각하다가 황급히 말을 마쳤다.

"... 사실 협동의 중요성에 대해 알려주려던 거였어."
"그래. 자려고 할 때 소음 들리면 빡치지."
"아니, 형, 그거 아니라고."

*

"자, 2구역에 도착했어."
"그런데 우리 이제 뭐 해?"

　팀 내의 물음에 네이선은 잠깐 생각하다가, 말했다.

"일단 우리가 거기에 들어갈 명분이 필요해."
"니 동생 친구라며. 연락할 방법 있어?"
"동생 친구 전화번호를 내가 어떻게 아는데?"
"알 수도 있지."

그 말을 들은 네이선이 고민하다가 말했다.

"좋아. 내가 생각을 좀 해봤는데, 걔가 가는 단골집에 죽치고 있다가 보면 언젠가 만나지 않을까?"
"거기가 어딘데?"
"카지노."
"그게 맞아?"

그 말을 들은 일행들은 잠깐 생각하던 중 가방을 보던 현이 말했다.

"존나 X신 같은 발상인데? 당장 하자."

"혹시 본인이 치료가 필요할 정도의 도박 중독자라는 사실을 인정하시나요?"
"하? 내가 도박 중독이 아니란 것에 10000원을 걸겠어."
"."

현과 레인의 만담에 이를 흐린 눈으로 보던 화영이 말했다.

"이 상태로 괜찮은 거 맞지? 그런 거지?"
"... 나도 모르겠다."

아니, 의견 제안한 사람이 이러면 어쩌자는 거야. 이 광경을 지켜보는 화영의 눈은 더 흐려졌다.

"좋아, 일단 게임 룰에 대해 검색할 테니까 잘 이해해야- 잠깐만."
"왜?"
"너희들이 말했던 그 일, 누가 어디서 난

건지는 몰라도 영상이 올라와 있는데?"
 "뭐?!"
 "여기 봐."

 위그가 디바이스를 보여주자 리사가 죽는 모습을 보여주는 영상이 보였다.

 "이거 누가 올리는 거야?"
 "VPN을 써서 누군지 모르겠어. 알바가 관리하는지 올라오는 족족 삭제당하고도 있고."
 "아무튼 이와 관련된 사람이 있는 건가?"
 "그렇지, 지금 조작이냐 아니냐로 불타고 있기는 한데."
 "이 사람이 누군지 알아야 할 텐데."
 "지금 우리 상황이 상황이니 해야 할 일에 힘써야 하지 않아야 싶지만."
 "... 그건 그렇지."

"좋아, 룰은 완벽히 이해했지?"
"응. 무슨 소리인지 완벽히 알아듣지 못하겠어."
"그런데 애초에 이놈들 모자라서 못 가는 거 아니었어요?"
"여기 동네가 언제 법 같은 거 신경을 썼어?"
"이미 기업에서 찍힌 거 빨간 줄 더 그을려고 작정했... 아니다."

잠깐 고민한 레인이 지갑에서 빳빳한 지폐 몇 장을 꺼내서 주더니 말했다.

"돈 줄 테니 같이 둘이 분식집에서 떡볶이 먹거나 pc방에서 놀아라. 뭔 일 생기면 전화할 테니 후딱후딱 오고."
"나 없어도 인상착의 구분할 수 있어?"

"대기업 사장 자식이라 인터넷 뒤져보면 사진 나오거든?"
"아."
"그냥 영상통화 돌리고 같이 보는 건?"
"오, 천재냐?"

생각해 보니 진짜 그러네. 깨달음을 얻은 네이선은 화영을 데리고 상가로 갔다.

"자, 자, 우리도 갑시다."
"그래서 너희 둘 룰은 이해한 거 맞냐고."
"아 나 빠칭코 돌릴 줄 아는데."
"그냥 너희들은 가만히 있는 것이 더 좋아 보인다."
"잠깐만, 영상통화 좀 걸자."

어, 그래. 걸어야지. 레인의 말에 위그가 디바이스를 영상 통화로 건 뒤 입고 있던 셔츠의 윗주머니에 넣은 것은 그 다음이었다.

*

"좋아, 뭐 먹을까?"
"아무거나."
"오, 그러면 돈가스는?"
"그건 좀."
"아니 아무거나라고 했잖아."
"아무거나 돈가스 말고."
"... 그냥 치킨이나 뜯으러 가자."
"그래."

그런데 여기 근처 치킨집이 있었나. 몰라, 저기 길 안내판이나 보자. 아, 왼쪽이네. 시시콜콜한 대화를 나누던 화영은 끼고 있던 인이어에서 소리가 들렸다. 디바이스를 자세히 보니 영상통화였다. 전에 들은 말을 생각한 화영은 별 생각 없이 통화 연결을 했다.

연결하자 이런저런 소리와 함께 흔들리는

화면이 보였다. 멀리서 현이 카드 게임을 하는 것이 보이고, 레인은 슬롯머신을 건드리고 있는 것 같았다.

"... 그냥 pc방에서 라면이나 먹을까?"
"아니, 치킨 먹는다며."
"튀기는 중이나 막 먹으려고 했을 때 갑자기 오라고 호출하면 아깝잖아."
"그냥 포장해서 공원 같은 데에서 먹다가 적당히 챙기는 건?"
"콜."

치킨집에 들어가 프라이드 치킨과 닭똥집을 튀기던 중 영상통화를 보고 있던 화영이 말했다.

"지금 상황이 어때?"
[나랑 레인은 적당히 간 보면서 하고 있는데 형이 미쳐 날뛰고 있어.]
"저러다가 두 번 정도 드럼통에 들어갈 뻔

하지 않았나."
 [... 아냐. 한번은 드럼통이고 다른 한 번은 장기 털릴 뻔했지..]
 "아 맞다. 그랬지. 지금 생각해 보니 두 번만 그런 게 기적 같아."
 [동감이야..]
 "그, 잠깐만. 그 형이란 분은 뭐하는 사람이야?"
 "그러게. 나도 모르겠다."
 "?"

 위그와 대화를 하던 화영과 네이선은 포장된 치킨이 나오자 치킨을 들고 밖으로 걸어갔다.

 "공원에서 먹을 만한 데 없나?"
 "아, 저기 있네."

 공원에서 치킨을 먹을 만한 장소를 찾은 둘은 앉은 뒤 치킨 무의 포장을 뜯으려고 했을 때, 인이어에서 다급한 소리가 들렸다.

"뭐야, 무슨 일?"
[찾았어! 그 여자!]

통화 내용을 들은 화영은 네이선 쪽으로 시선을 돌렸다.

"너도 들었지?"
"당연하지."
"가자."

정신없이 달리던 둘은 이 상황에 빨리 갈 법한, 도움이 될 물건을 찾았다.

"잠깐만, 왜 멈춰?"
"이걸 타고 가면 더 빨리 갈 수 있지 않을까?"

그 둘의 눈앞에 놓인 건 공유 킥보드 하나

가 있었다.

"이걸 타고 가자고?"
"응. 더 빠를 거 아냐?"
"아니, 면허도 없고, 헬멧도 없는데도?"
"이 도시가 언제 법 같은 걸 신경을 썼어?"
"맞는 말이긴 한데, 아니-"

화영이 무어라 반박하기 전, 네이선은 화영을 킥보드의 뒤로 끌고 가 태웠다. 이윽고 둘이 탄 킥보드가 작동했다.

"아니, 위험하다니까?"
"잠깐만, 말 걸지 말아 봐. 곧 도착-"

그와 함께 킥보드의 바퀴에 바닥의 울퉁불퉁한 부분에 바퀴가 걸렸다.

"아니 미-"

그와 함께 화영이 나가떨어졌다.

"잠깐만, 이거 어떻-"

이후 화영이 나가떨어지며 바뀐 무게중심의 영향으로 네이선은 브레이크를 급하게 잡았고, 급제동이 걸린 킥보드는 앞으로 쏠렸다.

붕, 하는 느낌이 듦과 함께 그대로 네이선은 바닥을 굴렀다.
네이선이 눈을 뜨자 눈앞에는 건너면 다시 못 올 것으로 보이는 강과 리사의 모습이 보였다.

"오빠? 왜 벌써 왔어?"
"뭐?"
"왜 벌써 온 거야?"
"친구랑 전동킥보드 같이 타다가."
"?"

이 말을 들은 리사의 표정이 요상하게 일그러졌다.

"... 미친거냐...?"
"그게 아니라 진짜 급한 일이 있었어."
"그럼 빨리 가. 오빠는 여기 일찍 올 사람이 아니야."

뭐? 네이선의 말에도 대답하지 않은 리사는 네이선을 밀쳤다. 이윽고 네이선은 몸이 추락하는 느낌과 함께 눈을 떴고,

"야, 네이선!! 내 말 들려?!"
"... 화영?"

눈을 뜨자 그의 시야에 보인 건 화영의 얼굴이었다.

"그래서 어떻게 된 거야?"
"덕분에 날아서 더 빨리 도착했다 이 개X끼야."
"하하, 내가 좀."
"X랄."

볼이 바닥에 쓸려 피가 흐르고 있는 화영이 네이선을 죽일듯한 표정으로 보았다.
"그래서 여기 맞지?"
"당연하지."

카지노 밖에 나와 대기 중인 위그가 둘을 보고 다가왔다.

"왜 그렇게 늦었... 상태가 왜 그래?!"
"킥보드 타다가 굴렀어."
"뭐?"

"응. 빨리 오겠답시고 탔는데 굴렀어. 그리고 네이선이 하자고 했어."
"... 빨리 가자."

말없이 둘을 잠깐 쳐다본 위그가 빨리 가자고 둘을 보챘다.

카지노 안의 풍경을 보던 화영은 멀리서 게임을 하고 있는 푸른 머리의 소녀를 보았다.

"VIP룸으로 가시-"
"됐어요, 여기까지만 하죠."

푸른 머리의 소녀는 VIP 룸으로 가자는 제안을 단칼에 거절했다.

"그리고, 저 좀 봅시다?"

*

"통성명을 하죠. 전 리즈라고 합니다."
"아, 네. 전 레인입니다."
"... 위그라고 합니다."
"다시 한 번 소개하죠. 이현입니다."
"네이, 아. 너새니얼인데.."
"화영입니다."

통성명이 끝나자 잠깐의 어색한 침묵이 이어졌고 리즈는 엘리베이터 버튼을 눌렀고 잠깐 동안 화영을 쳐다보았다.

"저, 무슨 하실 말 있으신가요?"
"아, 아닙니다."

엘리베이터의 문이 열리고 그들은 차례차례 엘리베이터에 탑승했다.

"네이선, 데자뷔 느껴본 적 있어?"
"그거 플래그 아니야?"
"얘들아, 제발 조용."

리즈는 그대로 지하로 내려가는 버튼을 눌렀다. 엘리베이터 안에서 불편한 침묵이 이어졌고, 문이 열리자 리즈는 그들을 지하창고 같은 곳으로 안내했다.

"그, 안전한 것 맞죠?"
"네, 눈을 피해 방을 개조하느라 고생 꽤나 했죠."

리즈가 발을 들이자 어두웠던 공간이 형광빛으로 가득 채우고, 가운데에 있는 커다란 모니터의 화면이 켜졌다,

"프로그램을 써서 도배했는데 올라오는 족족 삭제되더라고요."
"예?"

"그리고, 찾는 것이 이것 맞죠?"
"아니 잠-"

그와 함께 소녀는 무언가를 꺼내 주었다. 자세히 보니 USB였다.

"... 이렇게까지 하는 이유가 뭔가요?"
"그만 보게 되었거든요."

말이 끝남과 함께 리즈는 일행을 바라보았지만, 그 눈빛은 텅 비어있어 그들을 보지 않는 듯한 느낌이 들었다.

"그때 영상통화를 하고 있었어요. 리사는 자기가 통화를 끊은 것으로 생각했지만 사실 끊지 않았고, 저는 그 광경을 봐야 했죠."

이 말을 들은 화영은 조용히 생각했다.

'여기 다 왜 과거 상태가 멀쩡한 사람이 없

는 것 같지.'

그냥 과거의 기억 자체가 없는 사람과 동생이 앞에서 쌍쌍바가 되고 그걸 봐야만 했던 사람, 부모의 실종에 그냥 고아까지 거를 타선이 없다고 느꼈다.

"그래서, 어떻게 하실 생각이죠?"
"잘 모르겠는데. 여기서 사는 것도 수배 걸려서 멀쩡하게 못 살 것 같고.. 그냥 시골로 이사 가서 농사나 지어야 하려나."
"네, 그러시군요. 혹시 넷 쪽 기술자 분이 있으신가요?"

그 말을 들은 위그가 손을 들자 리즈는 잠시 말할 것이 있다면서 나가달라고 하며 상자 하나를 건네주었다. 화영이 받아 들자, 묵직함이 느껴졌다.

"회사에서 개발 중인 신제품이에요. 신제품

테스트를 부디 잘해주시길."
"오.."

상자를 열자 보인 건 크고 아름다운 포신을 가지고 새끈하게 생긴 플라즈마 건 하나가 보였다.

"... 이걸 진짜 주신다고요? 정말로?"
"나 참, 신제품 테스트라니까요. 잠시 이 분과 의논할 거리가 있으니.."
리즈의 말에 위그를 뺀 일행들이 나갔다.

"그런데 이거 어떻게 쓰는 거야?"
"잠깐만, 아 여기 설명서."

레인과 화영이 설명서에 써진 글씨를 읽는 도중 문이 다시 열린 뒤 위그와 리즈가 나왔다.

슬슬 시간이 다 되어서요. 헤어져야 할 것

같네요. 그렇게 말한 리즈는 문고리에 손을 대었다.

"아, 출구는 저쪽이에요."

그렇게 말한 소녀는 문을 닫고 나갔다.

"... 빨리 나가자."

*

"무슨 이야기를 한 거야?"
"수배 정보 조작."
"?"
"그래서 이 USB에는 뭐가 들어있는 거야?"
"말 돌리지 말.. 그래. 알아봐야지."

차 안에서, 화영의 물음에 네이선이 노트북

에 USB를 꽂았다.

[기록 C_01]

관찰 대상은 별 이상 없이 건강하게 있다. 채혈 결과 대조군과는 달리 혈액 구성성분의 비율 등 신체에 이상은 없는 것으로 확인되었다. 최종 프로젝트에서 목표인 나이대로 성장시키는 데에는 시간이 더 소요될 예정이다.

기록에 첨부된 사진에는 갓난아기 하나가 있었다.

[기록 C_02]

■■ 연구원이 주어진 행동 수칙을 어기고 관찰 대상에게 인간적인 상호작용을 시도했다. 다행히 관찰 대상이 오염되는 일 없이 사전에 발각되었다. 명령을 어긴 ■■ 연구원의 처벌은 향후 회의로 결정될 예정이다.

"이번에는 무슨 실험 기록 같은데, 여기에서 끊겨 있네."
"무슨 실험일까."
"뭔지는 몰라도 이렇게 싸고도는 것을 봐서는 보통 것이 아닌 거 같아."
"어쩌면 우리, 알면 안 되는 것을 알아버린 게 아닐까."
"이미 그런 상황 아니었어?"

난 진짜 몰라서. 제발 눈치 좀 챙겨 형.. 현을 할 말이 많지만 참는다는 표정으로 레인이 보았다.

"자, 그럼 행선지는?"
"3구역."
"자, 그럼 간다. 부릉부릉."

차는 3구역을 향해 나아갔다.

"우리는 그 분의 가호로 살아갑니다. 믿습니까?"

""믿습니다!!""

어느 콘크리트 방 안에 검은 머리 남자와 그 옆에 딸로 보이는 여자아이가 있었다. 외치자 그 앞에 있던 사람의 무리가 일제히 하나가 되어 외쳤다.

"... 이제 우리의 보답을 그 분께..."

무어라 말한 남자가 말하자 사람들은 줄을 서서 돈을 냈다.

이후 남자가 무어라 사람들에게 말했다.

".. 이상으로 끝마칩니다."

그 말을 한 남자는 여자아이를 데리고 걸어 나가 따로 있는 방으로 들어갔다. 방에 들어간 남자는 보기 좋은 웃음을 거두고 차가운 표정을 하고 있었다.

"... 신은 얼어 죽을."
그런 말을 한 남자는 헌금이라는 명목으로 신도들에게 걷은 돈을 세면서 자신을 보고 있는 여자아이에게 귀찮다는 듯이 말했다.

"아, 화영아. 이제 됐으니 나가서 놀아도 된다."
"저기, 아빠."
"... 왜 또."
"팀이 신은 없고 아빠는 사람들 등쳐먹는 게 아닐까 했는데 진짜야?"
"... 넌 그걸 믿는 거냐? 조용히 하고 나가서 놀아."

그 말을 들은 화영이라 불린 아이는 조용히

나갔다. 밖에서 어른들이 화영을 귀여워하는 소리가 들렸다.

".. 너무 똑똑해졌어."

앞에 세울 인형 같은 존재가 필요해 적당히 조용하고 예쁘장한 아이로 하나 데려왔더니 점점 알려고 하는 것들이 많아진다. 머리가 아파진 그는 조용히 접이식 침대를 펴고 누웠던 차였다.

-쾅!

무언가 굉음과 함께 밖이 시끄러웠다. 그가 방을 밖을 보자 몇몇 사람들이 무기를 휘둘러 사람들을 공격하고 있었다.

"이런 씨.."

그가 며칠 전 공사 관련해서 구매한 크로우

바를 무기 삼아 사용하려고 할 때였다.

"어, 뭐야. 아저씨가 사이비 교주? 아무튼 맞지?"

어느 순간 흑갈색 머리의 젊은 남자가 슬레지해머를 들고 그의 근처에 와 있었다.

"별 감정은 없어. 그쪽 일행을 싸그리 쓸어달라는 의뢰가 들어와서 말야. 이쪽도 먹고 살아야지?"

그와 함께 그는 슬레지해머를 휘둘렀다. 둔탁한 소리와 함께 들고 있던 크로우바를 놓쳐 날라갔다.

"뭐, 아무튼 잘 가십쇼."

퍽, 하면서 둔탁한 소리와 함께 슬레지해머가 그의 머리를 강타했다. 머리에서 나온 내용물이 튀자 그는 대충 소매로 닦아내고 남은 사람을 향해 갔다.

*

"좋아, 3구역에는 어떤 후계자가 있어?"
"내 친구였던 광대새끼가 하나.. 있지."

화영의 물음에 네이선이 생각하기 싫다는 듯 털어놓았다.

"친구였던? 무슨 일 있었어?"
"응. 혹시 '잘못된 만남'이라는 노래 알아?"
"아."

이해했어. 네이선의 한마디에 화영은 이해했다는 듯 고개를 끄덕였다.

"응, 높으신 분 자제분도 사람은 맞구나."
"형. 형은 여자 손 잡아본 적도 없잖아."
"몇 년 동안 짝사랑하는 사람에게 고백도 못 하고 애매하게 타이밍만 잡고 있는 놈이 할 말은 아니지 않던?"
"하하 이 모지리 X끼들."

셋의 만담을 본 화영은 네이선에게 물었다.

"그래서 뺏긴 쪽이야, 뺏은 쪽이야?"
"너는 꼭 아픈 기억을 들쑤셔야 하겠어?"
"뺏겼구나."
"아니야."

이전에 샀던 닭똥집을 팝콘 뜯듯이 먹던 화영이 나지막하게 물었다.

"자, 얘들아. 쓸데없는 이야기는 적당히 하고 그래서 이번에는 어떻게 접근할 거니?"
"전화나 걸게.."

"잠깐만, 전화번호가 있다면 왜 처음에 연락하지 않은 거야?"
"레인은 동생 친구랑 내 여자 친구 뺏어간 사람 중 누굴 더 만나고 싶겠어?"
"그래. 내가 미안하다."

그리고 전화 걸 테니까 다들 조용히 해. 네이선은 연락용 디바이스에 번호를 입력하고 버튼을 눌렀다. 잠깐의 수신음이 들린 뒤 처음 듣는 소년의 목소리가 들렸다.

[뭐야, 너새니얼, 살아 있었어?]
"죽었다면 새로 수배가 걸렸겠던?"
[아, 그렇지. 잘 지냈어?]
"잘 지냈겠냐. 네가 걔를 뺏은 이후로-"
[그 여자 이야기는 하지 말자. 어차피 둘 다 차였잖니.]
"아 그 금발 태닝 양아치."

회상에 젖은 듯한 표정을 지은 네이선이

다시 디바이스에 대고 말했다.
"잠깐 이야기할 일이 생겼어."
[그래. 리즈에게 문자 받았으니까. 좌표 던져줄 테니까 거기서 만나자.]

뚝. 그러고 전화는 끊겼다.

"그런데 금발 태닝 양아치는 누구야?"
"사람 잘못 건드려서 드럼통 타고 잠수한 사람 있어."
"와. 그래서 좌표는 받았어?"
"잠깐만."

띠링, 소리와 함께 네이선의 손에 있던 디바이스가 울렸다.

"여기 좌표가.. 아, 저기 저 커다란 돔이네."
"돔? 꽃다발 들고 오는 건 아니지?"
"그건 아니지."

"들어가려면 표 하나씩 사야겠네."
"아니, 이번에는 행사가 있어서 무료로 들어갈 수 있어."

그러면 다행이고. 차를 주차장에 주차한 그들은 돔 안에 발을 들였다.

"근데 돔 어디에서 만나는 거야?"
"안에서 만나자고만 나와 있어."
"빨리 가자."

돔 안 공연장으로 발을 옮기던 중 화영이 네이선에게 말했다.

"저기, 네이선."
"응?"
"그 친구는 뭐 하는 사람이야?"
"제약회사... 의 후계자인데 그 약이 문제가 좀 많아."
"아니 뭔."

"내가 말했잖아. 이 동네는 망했어."
"그걸 누가 몰라? 그래서 외딴 시골로 귀농하는 사람도 많다고 하잖아."
"그건 그렇지."

대화가 끝나고 일행은 돔 안의 선착순 좌석에 앉았다.

"망원경 줄 테니 니 친구였던 애 좀 찾아봐."

레인이 네이선에게 망원경 하나를 넘겨주었다.

"어어. 잠깐만."

네이선이 망원경에 눈을 대자, 관객석에 멀찍이 떨어져 콩나물처럼 보이던 사람들의 얼굴이 확대되어 크게 보였다.

고개를 돌려 사람들의 얼굴을 보던 네이선은 요주의 인물을 찾고는 말했다.

"저어기 4시 방향, 그 경호원 깔 있어."
"오, 조심해야겠네."

팔에 마크를 단 사람을 본 네이선은 다른 쪽으로도 고개를 돌려 사람들을 보던 네이선은 동양풍 옷에 암갈색 머리를 한 곱게 생긴 소년을 보았다.

"그리고 저기 11시 방향에 있네."
"어디? 얼굴 보게 다시 줘 봐."
"자."

네이선이 다시 레인에게 망원경을 건네주자, 레인은 망원경을 대서 소년이 있는 방향을 보았다.

"생긴 건 멀쩡하게 생겼네. 화영아, 쟤가

만나려고 하는 사람이라 하니 너도 얼굴 확인하고 위그에게 넘겨줘라."
"응."

레인에게 망원경을 넘겨받은 화영은 이까이들이 말해준 방향으로 고개를 돌려 확인한 뒤 위그에게 망원경을 넘겨주었다.

"그런데 여기는 뭘 보여주는 데야?"
"잠깐만, 일정이 있는데, 아. A동 출구로 나와 달라고 하자네."

네이선의 말에 일행은 밖으로 나왔다. A동 출구에는 한 명을 빼면은 기이할 정도로 아무도 없었다.

"야, 잠깐만. 누가 쫓아온다는 느낌 안 들어?"
"드는 것 같은데 그냥 알아채지 못하는 척하는 건? 무슨 짓을 할지 몰라."

"그래, 그러자."
 누군가 쫓아온다는 느낌이 들었을 때 아까의 그 소년이 손을 들면서 말했다.

"여어, 히사시부리!"
"그래, 이 뻔뻔한 것아."
"뭐, 그래도 오랜만 아니야 너새니얼? 사람들도 많이 왔네, 일행인가? 무엇보다 저기에-"

 소년이 주머니에 작은 권총 하나를 꺼내 장전하더니 그대로 쏘았다.

"귀찮은 것도 끌고 오고 말이야."

 총은 그대로 일행의 뒤를 지나, 숨어 있던 팔에 마크를 단 사람에게 맞았다.

"아니 미친놈이 무슨 짓을 할지 몰라 모른 척하고 있던 걸 들쑤시고 왜 지-"

"네이선. 진정해."
소년은 다른 손으로 주머니에서 통신기를 가져다 대더니, 말했다.

[네, 하루입니다. A동에 쥐새끼가 하나 나타났어요. 빠른 처리 부탁드립니다.]

그와 함께 몸 대부분이 기계인 사람들이 어디선가 나타나서 기관총을 쏴 갈겼다.

"…"
"잠깐만 하루. 그런데 여기 우리만 있는 거 아니지 않아?"
"너새니얼, 목격자가 없으면 암살이라는 말 몰라?"
"미쳤어?"
"농담이야 농담. 출구에 우리와 그 쥐새끼 말고 아무도 없는 거 봤잖아. 관리를 좀 해뒀거든."

또라이 X끼가 진짜.. 네이선이 조용히 얼굴을 감싸고 중얼거렸다.

"일단 가서 이야기 좀 하자. 총소리 때문에 곧 사람 몰릴 거야."
"그래. 배려에 눈물이 다 날 것 같다."
"하하, 내가 좀."
"으아아아아!!!!!"

하루의 말에 네이선이 괴성을 내질렀다.

"나 네이선보다 이상한 사람은 처음 보는 거 같아."

이 광경을 조용히 본 화영이 말했다.

"너도 이상하다는 건 알지?"
"그냥 우리 다 이상해.."
"오, 그럼 난 정상인이네."
"형, 양심이 있기는 한 거야?"

"자, 어서 와라. 나의 소울.. 아 이거 아니지."
"여기 공사장 아니야? 이거 안전한 거 맞지?"
"뛰어다니지는 마. 부딪혔다간 무너질 수 있어."

하루가 일행을 데리고 온 곳은 오래전 개발이 중단된 공사장이었다.

"오, 비밀기지야? 오랜만이네."
"그래, 이게 얼마만이지."

그렇게 말한 하루는 빙그르 돌면서 노트북을 꺼냈다.

"찾는 게 이거랑 관련된 것 맞지?"

노트북의 한구석에는 USB가 하나 꽂혀있었다.

"자, 자, 영상이랑 글이 있는데 여기서 보여주는 건 영상이 쉬우니 틀어줄게. 불만 없지? 소리는 안 들려."

노트북 화면에서 보여준 것은 영상 하나였다.

"잠깐만, 이거 무슨 영상이야?"
"cctv 영상."
"그래서 그게 무슨 ccvt냐고."
"너희들이 모으는 것과 관련된 것이야."
"제대로 설명 안 하면 뭐가 덧나?"
"응."
"…"

뻔뻔한 하루의 모습에 할 말을 잃은 일행은 그냥 입을 다물고 영상을 보았다.

4분할로 된 화면, 연구소로 보이는 곳에서 두 사람들이 흰 가운을 입은 사람 여럿을 공격하고 있었다. 아니, 이것이 공격이라 할 수 있을까.

 아마 학살에 더 가깝지 않을까.

 여러 사람이 죽어 나갔다. 새하얀 바닥은 붉어져갔다.

 하얀 머리를 가진 사람이 유리벽으로 다가가 문을 열었다. 안에서 검은 머리의 여자아이를 오랜 시간 동안 바라본 남자는 방독면을 쓴 사람과 무어라 이야기하면서 아이를 어느 장치 안에 넣었다.

 '잠깐, 이거 전에 꿈에서 본 것 같은데.'

 화영은 가만히 영상을 보았다.

그다음은 부부로 보이는 두 남녀가 건물 안에 다가갔다. 둘은 안의 풍경을 보고 들고 있던 무기를 고쳐 들었고, 안에서 대화하고 있는 하얀 머리와 방독면은 둘을 쳐다보았다.

이윽고 방독면은 손에 든 사람이 손에 든 자동소총을 둘 쪽으로 겨누었다.

그리고-

"…엄마?"

현이 아연실색한 표정으로 화면을 보았다.

총이 쏴지는 것으로 영상은 끝났다.

"…"
영상이 꺼지자, 불편한 침묵이 맴돌았다.

"어.. 이렇게 될 줄은 몰랐는데."

그 상황에서 떨떠름하게 하루가 말했다.

"잠깐만. 이걸 보여준 목적이 뭐야?"
"전에 만난 애들 중 말한 애 없어? 정보나 자료를 나눠 가지기로 했다고?"
"그랬지."
"그럼 내가 가진 자료가 뭐라고 생각해?"
"그건... 아."

하루의 말을 이해한 화영은 납득했다.

"그런데 이제 뭐 할 거야?"
"그러게, 뭐하지."
"맞아. 후계자 찾아다닌다고 했는데 4번째 기업 후계자는 죽었다잖아."
"생각이나 해보자. 일단 좀 쉬어야겠어."
"오, 잠시 쉬었다 갈래?"

하루의 말에 네이선이 말했다.

"아니 그건 좀."
"왜?"
"너네 집안사람들 무서워."

네이선의 말을 들은 화영이 말했다.

"어떻길래 그래?"
"몸에 문신 새기고 흉터 있거나 아예 전신에 가깝게 몸을 기계로 갈아치운 무서운 아저씨들이 많아."
"아니 삼촌들이 뭐 어째서?"
"무섭다고. 사고 치면 드럼통에 들어갈 거 같아."
"삼촌들을 뭐라고 생각하는 거야? 실제로 몇 번 해본 적은 있지만!"
"아니 왜 있냐고..."

생각을 포기한 듯한 네이선이 조용히 손에 얼굴을 감쌌다.

"일단 좀 쉬러 가자."

레인의 말에 일행들은 발걸음을 옮겼다.

그러려고 했다.

"난 여기서 내릴게."
"형? 그게 무슨 소리야?"
"난 목적도 이뤘고, 애초에 휘말려서 동참하게 된 것이니까."
"그렇다면 뭐.."

별 불만 없지? 뭐 진작에 내렸어야 할 사람이 고속도로 때문에 여기까지 온 거니까. 작은 회의가 있었던 뒤, 현은 손을 흔들고 어디론가 걸어갔다.

"그래, 어디서 총 맞지 말고."
"그건 내가 할 말이고."

*

"그런데 이제 우리 뭐해?"
"차차 생각해보자."
"이러니 옛날 일 생각나네."

 조수석에서 받은 USB를 만지작거리던 위그가 생각했다.

*

 그 날도 의뢰를 받아 수행하는, 그런 날이었다.

"지켜야 해!"
"어서.."
 이들을 처리하는 의뢰를 받은 픽서들은 안의 사람들을 하나하나 죽여 나갔다. 피로 범벅이 된 바닥과 맞서 싸우는 사람과 도망치는 사람들, 그리고 필사적으로 무언가를 지키려는 듯, 여러 사람들이 하나를 감싸면서 도망치면서 죽어나가고, 마지막 한 사람이 쓰레기 투입구에 무언가를 넣었다.

-퍽!

그와 함께 해머가 그의 머리를 타격했다. 힘 없이 쓰러진 그의 머리에서 내용물이 흘러나왔다. 쓰러진 사람의 뒤에서 현이 얼굴에 튄 피를 닦으면서 말했다.

"야, 위그야. 나 여기 말고 다른 데도 쓸어야 하거든? 여기 쓰레기 투입구에 뭐 있는지 확인만 해줘라."
"그냥 형이 확인하면 안 돼?"
"아직 여기 사람이 좀 더 남아있거든? 같이 뛰는 분들이 있긴 한데 일단 니가 다른 사람들을 처리하기 전에 먼저 죽을 가능성이 있어보여서."

"애초에 현장 체질이 아닌 사람 끌고 온 게 누군데.."

"아무튼 부탁한다~ 나는 좀 돌면서 사람 보이면 처리하고 올게."

해머를 휘휘 돌리면서 다른 방으로 가는 현을 보면서 위그는 한숨을 쉬었다. 왜 나는 저런 나사 씨게 빠진 사람과 엮인 거지. 점점 아파오는 머리를 잡으며 쓰레기 투입구로 들어갔다.

위그가 연락용 디바이스의 액정에서 나오는 불빛으로 쓰레기 투입구의 안을 비추고 안에 무엇이 있나 둘러보고 있었다. 쓰레기 투입구의 안에는 쓰레기 봉지가 널브러져 있었다.

-부스럭

쓰레기 투입구 안에 들려오는 작은 소리에

위그가 긴장하며 호신용 삼단봉을 들었을 때였다. 옅은 불빛에 보인 것은 자그마한 여자아이 하나가 머리를 잡으면서 일어나고 있었다.

"…"

예상했던 최악의 상황은 아니라고 안심하던 위그의 앞에서 아이의 푸른 눈이 위그를 응시하고, 말했다.

"아빠는?"
"…"

위그는 눈앞의 가족을 찾는 어린아이를 보며 두통을 느꼈다. 어릴 적 죽은 제 동생이 생각난 것일까? 아니면 사이비라 해도 여러 사람들이 아이를 지키려고 한 것? 아니면 살아야 한다는 이유로 다른 사람의 삶을 망치는 것? 그 답은 아마 그 자신도 모를 것이다.

"야, 위그. 빨리 안 오고 뭐 해?"

눈앞의 어린아이를 보던 위그에게 레인이 말했다.

"레인, 여기 아이가 있어."
"그러네. 그런데 우리 시간 없거든? 빨리 오기나 해."
"여기에서 아이가 혼자 살기 힘든 건 알잖아."
"그래서? 우리 둘 살기에도 벅찬데 거기에다가 애까지 데려오게? 여기가 보육원이던?"
"그렇다고 해도 여기 보육원은 사람이 살 곳은 아니잖아."
"그래... 그렇지. 어휴, 니 알아서 해라."

그렇게 말한 레인은 등을 돌리며 갔다. 레인을 멀뚱히 쳐다보던 여자아이에게 위그가 손을 내밀었다.

*

"USB나 끼워보자. 조합하면 뭐가 더 나오겠지."

USB에는 사진 대신 메모가 하나 있었다.
메모:
만일 연구원 중 그냥 배양액에 담가서 성장시키지 평범한 애처럼 돌보며 키우냐는 의문을 제기하는 머저리가 있다면 프로젝트 초반에 그냥 배양액으로 성장시켰던 실험체는 쉽게 성장했지만, 의뢰인이 원하는 내구성과 면역력으로는 성장하지 못해 적당한 활동과 생활 루틴으로 내구성을 조정한다는 이유를 알려주시길 바랍니다.

[기록 C_03]

관찰 대상이 성장함에 따라 접촉하려는 의사를 보였지만 행동 수칙에 따라 인간적인 상호작용은 없었다. 관찰 대상은 몇 번 접촉 의사를 보이다가 별 응답이 없자 가만히 있는 모습을 보였다.

해당 기록에는 가만히 있는 검은 머리 여자아이의 사진이 첨부되어 있었다.

[기록 C_2927]

연구실에 습격이 발생했다. 잠시 파견을 나가서 목숨을 건질 수 있었지만 타 연구원들의 사망과 관찰 대상의 실종을 확인. 관찰 대상이 없으므로 기록은 종료했다. 연구실을 확인하자 기억 소거 장치의 작동 흔적이 있음을 확인했으며 현재 관찰 대상의 목격은 없는 것으로 확인되었다.

"그렇다고 하네."
"내 생각이 맞다면 이건 무슨 실험의 한 부분이 아닐까?"
"그걸 모르면 좀 심각한 게 아닐까?"
"대놓고 실험 같은데?"
"그래. 그렇지."

-윙-

그와 함께 네이선의 디바이스가 울렸다.

"뭐야 저거?"
"잠깐만.. 여보세요? 하루? 잠깐만 다들 조용히 해봐."
일행들을 조용히 한 네이선은 귀에 디바이스를 대었다.

"뭐? 이쪽으로 사람 하나 가고 있으니 조심하라고?"
"아니 뭔."

레인의 말을 무시한 네이선은 계속 통화를 이어나갔다.

"그래, 일단 주변 좀 둘러볼게. 고맙다."

통화를 끝낸 네이선은 황급히 외쳤다.

"다들 근처에 수상한 사람이나 차 있나 확인해 봐!!"
"야, 저 차 옆에서 수상하게 얼쩡거리는데?"

네이선의 말에 일제히 옆을 쳐다 본 일행들은 옆에서 자신들 근처에 얼쩡거리는 수상한 차량을 발견했다. 그들은 자신들에게 사람이 붙었다는 것을 기억했고, 결론을 내렸다.

"좋아. 튀자."

위그가 엑셀을 밟음과 함께 차의 주행 속

도가 눈에 띄게 빨라졌다. 옆에서 창문을 바라본 화영은 아까 그 차가 쫓아오는 것을 보았다.

"쫓아오는데?"
"속도 더 올려. 그리고 혹시 모르니까 무기도 꺼내고."

애들아 나 안전벨트 안 맸는-레인의 말을 깔끔하게 무시한 상태로 속도를 올린 차의 열린 창문 사이로 조용히 겨누어진 총구는 언제든지 위해를 가하겠다면 쏘겠다는 듯, 상대를 겨누었다.

*

"지금 상황은?"
"저쪽도 속도 올리고 쫓아오는데?"

"안 되겠네, 쏘자."

오케이. 말이 떨어지자 창밖으로 총구를 겨눈 레인-이번에는 안전벨트를 멘 상태로-차의 바퀴 쪽으로 총을 탕, 하고 쏘았다. 안타깝게도 별 효과는 없었는지 차는 멀쩡히 달리고 있었다.

"니미, 요즘은 타이어에도 강화 소재를 쓴다더, 미친! 옆에서 들이박는다!"

쾅, 하는 울림과 함께 옆의 차가 들이받았다. 안전벨트를 매지 않은 레인이 머리를 박는 사소한 문제가 있었지만 대부분 안전벨트를 하고 있었기에 무사했다.

"여기 옆에 하천이라서 잘못 떨어지면 우리 망한-저기 창문으로 뭐라고 연락하는 거 같은데?"
"... 그냥 최대한 도망치자."

차의 방향을 급격히 꺾은 뒤, 최대 속력으로 도망치던 중이었다. 이번에는 안전벨트를 맨 현과 다른 일행들은 차 안의 물건을 꽉 잡은 뒤 순조롭게 도망치던 중이었다.

"그런데 우리, 어디로 가야 하는 거지?"
"모르겠는데 지금 우리 어디로 가야 할지 논할 상태가 아닌 것 같아."
"... 왜?"
"그... 경호원이라는 사람이 바이크 타고 이쪽으로 오고 있어."
"니미럴."

좋아. 곧 죽을 것 같으니 그냥 이렇게 고백할게. 나 사실 전부터 레인 널 좋아했어. 위그야 그게 무슨 소리니? 앞좌석 둘의 만담을 무시하면서 화영은 안전벨트를 풀고 차 안을 뒤졌다.

"아, 찾았다."

"뭐를... 아."

성인들이 애들을 앞두고 죽으니 뭐니 하고 있어. 그렇게 말한 화영의 손에 들린 것은 수류탄이었다. 리사를 갈라 죽인 그 칼을 들고 차 위에 올라타 있는 경호원은 화영이 수류탄을 든 동시에 칼로 차 안을 헤집었다.

"미친!!"

휘둘러진 칼은 눈에 보이는 것 없이 안을 뒤집었고, 그 안에는 재수 없게 휘말린 위그가 있었다. 그가 운전대를 잡고 있었다는 것과 차가 최대 속도라는 것이 문제지만 말이다.

운전을 하던 사람이 운전하지 못하는 상태가 되자 차는 통제를 잃고 휘청거렸다. 차 위에 올라탄 경호원도 순간적으로 휘청거려 문쪽으로 달라붙었을 때, 화영은 플라즈마 건을 경호원이 깬 창문에 겨누었다.

"이거나 먹어!"

-탕!

지적거리는 소리가 들림과 함께 충격으로 경호원과 근처에 있던 문도 나가떨어졌고, 통제를 잃었던 차는 제멋대로 나아갔다.

"야! 이거 차! 차 어떻게 해!"
"됐고 꽉 잡아!"

차는 전속력으로 움직이며, 전봇대를 들이받았다. 쾅, 하는 우렁찬 소리와 함께 차는 찌그러지고, 뜯긴 문 사이로 수류탄을 찾느라 안전벨트를 푼 화영이 튕겨 나가고 차 안에서는 에어백이 튀어나왔다.

대개 강화 시술을 받아 내구성은 튼튼했지

만 최대 속력으로 전봇대에 박은 충격은 상당했다. 몸이 성하지 않은 상태로 정신을 잃은 일행과 박살이 난 차 뒤로, 한 남자가 나타났다.

"하나... 둘... 셋... 어? 하나가 없네?"

알 게 뭐람. 내 할 일만 하면 되겠지. 그렇게 말한 그는 일행들을 둘러메고 어디론가 갔다.

*

진한 두통을 느끼며 네이선이 깨어났을 때 그는 처음 보는 건물의 시멘트 바닥에 있다는 것을 깨달았다. 그의 머리에서 느껴지는 이상한 느낌에 대해 손을 대자 거칠거칠한 천의 감촉이 느껴졌다. 아마 붕대일 것이다.

빛도, 창문도 없는 시멘트 방 안에는 차 사고가 났을 때, 차 안에 있던 사람들이 기본적인 응급처치를 한 채로 쓰러져 있었다.

"화영이 어디 갔어?"

... 중간에 안전벨트를 풀어서 뜯긴 문밖으로 튕겨 나간 화영을 제외하고 말이다.

"위그? 레인? 다들 일어나 봐...."
미치겠네. 세상아 나에게 왜 이래. 네이선은 그동안 자신에게 있었던 일을 생각했다. 집 나가다가 팔 잘리고 죽을 뻔하던 중 지나가던 여자애에게 주워지고 범죄조직에 감금당하고 나중에 집 오나 싶었는데 동생이 눈앞에서 세로로 갈라지고 고층 건물에서 떨어져 쿠션으로 쓰이고 물먹고 몰래 산 고가의 노트북도 들키고 도망치다가 교통사고가 났는데 친구 하나는 어디로 갔는지 모르겠고 정신 차려보니 죄다 이상한 곳으로 납치당하고.

'이렇게 보니 내 인생 레전드네.'

네이선이 이 동네에 사연 없는 사람이 없다 쳐도 인생이 스펙타클하다는 생각을 하던 중이었다.

-저벅. 저벅.

밖에서 들려오는 발소리를 들은 네이선이 경계하던 사이, 문이 열리면서 빛이 방 안으로 새었다.

"어? 벌써 하나 깨어났네?"

네이선은 처음 보는 하얀 은발의 남자가 자신을 신기하게 쳐다보는 것을 보자, 말을 꺼냈다.

"살려주세요."
"걱정하지 마~ 안 죽여."

'그게 문제가 아니잖아...'

헤실헤실 웃으면서 말했지만, 표정은 전혀 웃지 않았던 남자를 보며 네이선은 생각했다. 살려줘.

"그... 알겠는데 이건 어디예요? 그리고 누구시죠?"
"별 건 아니고 물어볼 것이 있어서."

그렇게 말한 그는 주머니에서 사진 한 장을 꺼내 네이선에게 주었다.

"사진 속 이 아이, 본 적 있지?"

사진 속에는 검은 머리를 한 여자아이가 하나 있었다. 네이선은 이 사진을 보고 잠시 생각하다가, 말했다.

"사진으로는 본 적 있어요."
"그게 이 사진은 아니지?"
"...."
"대답 안 해?"

그가 환하게 웃으면서 네이선에게 어깨동무하며 소매 안의 단검을 꺼내 목에 들이댔다. 남자의 노란 눈이 번뜩이자 생명의 위협을 느낀 네이선이 말했다.

"잠깐만요 선생님! 어디서 본 것 같긴 한데... 아 그 usb! 기억납니다! 그러니 제발 살려주세요!"
"그래. 그렇게 대답하는 거야. 그러니 usb에 대한 것도 말해줘야지?"
"아 이런 씨...."
"하하, 뭐라고?"

그의 손에 힘이 들어갔다. 서슬 푸른 단검이 목에 더 가까이 다가가자 식겁한 네이선이 말했다.

"...로 제가 4행시 해보겠습니다."
"운 띄울 테니 해. 아."

'젠장.'

"아, 아름다운 그날의 추억이여!"
"이."

네이선은 이로 시작하는 말을 생각하며 조용히 생각했다. 화영...은 없고, 위그... 레인... 아무나 빨리 일어나서 나 좀 도와줘....

*

"…"

조용한 심야에서 화영이 눈을 뜬 것은 도로 근처 하천의 물이 얕은 곳이었다. 화영이 기억이 없을 때를 제외하면 가장 어렸을 때의 꿈을 꿨다고 생각하고 일어서자 몸에서 느껴지는 것은 진한 통증이었다.

'그러고 보니 맨 마지막 기억이... 차 사고였지.'

그녀가 자기 몸을 보자 왼팔은 쓸린 상처가 가득했고 왼쪽 무릎은 반쯤 갈렸다 해도 과언이 아니었으며 머리를 만져보니 피가 묻어나왔다.

'다른 사람들은 괜찮으려나? 일단 디바이스로 연락을 해야 할 것 같은데..'

그녀가 주머니를 뒤져보자 중간에 튕겨 나온 것인지 디바이스가 보이지 않았다. 하천을 뒤져보자 액정이 박살이 나 깜깜한 화면만이 보이는 디바이스가 보였다.

'... 지갑은 있으니 공중전화로 전화해야겠다.'

다리를 절뚝이며 공중전화 부스로 몸을 이끌던 화영은 사고가 있었다는 것을 보여주는 차에서 떨어져 나온 파편과 찌그러진 전봇대를 보고 알았다.
'차와 사람이 없는 걸 봐선 어디로 이동된 것 같은데....'

공중전화 부스에 동전을 넣고 발신음이 울리자 화영은 네이선의 번호-디바이스가 박살나서 새로운 기기를 등록했다-를 누르고, 기다렸다.

"자, 마지막이야. 씨."
"씨... 씨 뭐 있냐..."

두뇌 풀가동. 눈을 굴리면서 씨로 시작하는 단어를 생각하는 네이선의 뒤에서 레인이 이를 지켜보고 있었다.

네이선은 그들이 깨어나서 도와주기를 간절히 바랐지만, 목에 단검을 들이대니 그들이 할 수 있는 건 멀리서 지켜보기만 하는 것 말고는 없었다.

"빨리 안 해?"
"저 잠시만요!! 선생님!! 선생님 제발!!"

그와 함께 밖에서 진동과 함께 음악이 들려왔다.

"전화! 저 전화 왔는데 제발 받기만 하면 안 되나요?"
"그래. 대신 스피커 틀어."

뒤지는 줄 알았네... 어깨동무를 푼 남자가 잠시 밖으로 나가서 액정이 좀 깨지긴 했지만 사용은 가능한 디바이스를 가지고 왔다.

"아.. 네.. 여보세요? 어 뭐야, 화영?"

전화를 받은 네이선은 놀란 듯 말했다.

"어디에 있던 거야?"
"차에서 튕겨 나와서 하천에 굴러떨어졌어. 그 과정에서 디바이스가 개박살 나서 공중전화로 전화했고."
"우리는 지금 이상한 사람에게 납치? 당한 것 같은데 지금 내가 말실수해서 아 이런 씨로 4행시 하고 있어. 살려줘."
"헛소리하는 거 보니 멀쩡한가 보네."

"너는 지금 상태가 어때?"
"나? 하천으로 굴러 떨어지며 무릎 갈리고 팔 쓸리고 머리에서 피는... 멎었네. 아무튼 이거 빼면 괜찮-이런 미친 취소."
"왜 또?"
"X발 그 경호원!!"

디바이스에서 총 쏘는 소리와 여자 비명소리가 들림과 함께 조용해졌다.

"어... 화영아?"

네이선은 얼이 나간 표정으로 디바이스를 잡고 있었다. 갑작스러운 상황에 다들 가만히 있었을 때, 부스럭 소리가 들리더니 위그가 비틀대며 일어났다.

"... 무슨 일이 있던 거야?"
"간략하게 설명하자면 진짜 심각하게 조졌어."

"그래서 무슨 일이 일어난 건데.."
"와. 이건 나도 예상 못 한 일인데."

위그와 레인의 말을 들은 남자는 말했다.

"저 사람은 또 누구야...?"
"그러게. 나도 궁금하다."

그가 다른 일행을 보다가, 네이선에게 말했다.
"음, 그래서 usb에 대한 정보는?"
"말하려고 했는데 4행시로 넘어갔잖아...요."
"아, 그러네. 4행시 중단하고 마저 말해."

네이선이 남자를 잠시 쳐 죽이고 싶다는 표정으로 본 다음, 말했다.

"실험 기록이랑 사진 첨부된 것만 봤어요."
"정말 그것만 봤어?"

"다른 것도 보려고 했는데 하필이면 그때 교통사고가 나는 바람에. 그런데 도대체 목적이 뭐예요?"
"… 별거 아니야. 내가 저엉말 싫어하는 사람이 있거든. 그 사람과 관련된 일이야."

뭔 일이 있었길래. 그렇게 말하는 듯 일행은 남자를 쳐다보았다.

"아, 아니면 함께 이야기 좀 해보는 건 어때?"
"예?"
"내가 저엉말 싫어하는 사람이 있는데 그 사람과 관련된 정보가 그 usb에 들어가 있어서. 대신 나중에 편하게 살게 도와줄게."

갑작스러운 말을 들은 일행들은 서로 회의했다.

"야, 저 사람 말, 믿을 만해?"

"사람 목에 칼 대고 협박하는 거에서 문제가 많이 있지 않아?"

이들의 말을 들은 건지는 몰라도 남자가 말했다.

"아, 여기 방 열쇠는 내가 관리하고 있어. 이 점 참고해."

이 말을 들은 레인이 말했다. 그냥 여기서 썩고 싶지 않으면 붙으라는 소리잖아. 똑똑하네. 불공정거래 오지네. 막말로 다 죽이고 뺏어도 할 말 없는 거 알지? 한다, 해. 됐냐?

"자, 그러면 계약 체결 완료! 이제 나와서 대화하자."
"잠깐만."
"왜?"
"최소한 뭐라도 불러야 할지 알려줘. 계약 관계인데 야나 너라고 하는 것도 그렇지 않아?"

그 말을 들은 남자는 잠시 생각하다가 입을 열었다.

"... 이스카. 이스카라고 불러."

그 말을 한 뒤 이스카는 문을 열고 말했다.

"뭐해? 안 나가고."

이스카를 잠시 쳐다본 레인이 말했다.

"내가 아까 그놈을 보고 저거보다 더한 사람은 없을 거로 생각했는데 하나가 더 나오네."

*

'젠장.'

현재 화영은 화물차 컨테이너에 뭔지 모를 약을 맞고 눈가리개가 씌워진 채로 어딘가로 실려 가고 있었다. 예상외로 죽지 않고 오히려 치료된 것은 좋긴 한데 어디로 가는 거지. 그리고 이 염병할 약발은 언제 떨어지는 거고.

차는 어디론가 계속 가다가 멈췄다. 덜컹하는 소리와 함께 화영은 어딘가로 옮겨졌다. 화영은 잠깐 반항할지 생각했지만 현재 상태로는 별 의미 없을 것이란 판단 하에 가만히 있기로 했다.

뒤에서 들려오는 작은 말소리에 화영이 귀를 기울이자 들려오는 소리가 있었다.

"핏자국... 유전자... 일치... 되지 않을까..."
"하지만... 상처... 내구... 검증..."
'무슨 일이지.'

대충 유전자 관련돼서 무슨 일이 있는 것 같은데, 뭐지?

화영은 상당한 시간 동안 자기 가족-유사 가족도 포함해서-에 대해 생각했다. 지워진 듯한 아주 어릴 때 기억은 생략하고, 아버지에게 거둬지고, 아버지도 죽고 시설 고아원은 사람이 살 곳이 아니라는 말에 위그가 주워서 키우고, 나중에 같이 일하던 픽서가 의뢰 중 죽자 일할 곳을 찾다가 구면이던 위그 쪽에 레인이 눌어붙고. 나중에 네이선도 줍고.

'내 생물학적 부모와 관련된 건가?'

그럼 내가 아는 게 없는데. 그렇게 생각한 화영은 무언가 들어 올려져 침대에 누운 듯

싶은 느낌이 들었다. 이내 다리를 고정하는 것 같은 느낌이 들자 이건 아니라고 생각했는지 잘 들어가지 않는 힘을 짜내며 저항하자 근처에서 시끄러운 소리가 들려왔다.

"아니 별 개조도 없어 보이는데 힘이 왜 이리 세!!"
"야 사람 더 불러!!"

소란이 있으면서 여러 사람이 누르자 다굴 앞에 장사 없다는 듯 화영은 별 문제 없이 고정되었고 호흡기 쪽에 무언가 씌워지는 느낌을 받았다. 이내 무언가 호흡을 하며 이상한 것이 들어오는 느낌과 몽롱함과 함께 화영의 의식은 멀어졌다.

"왜 죽은 사람 인격을 기계장치에 때려 박은 거지?"
"그러게. 사람이 죽으면 죽은 거 아냐?"

~ ♪

네이선이 가진 usb의 정보를 이스카와 일행들이 보던 중, 어디선가 음악이 울려 퍼졌다.

"저거 누구 디바이스냐."
"음, 잠깐만."

그렇게 말한 이스카는 잠시 방으로 들어가서 연락을 받았다.

"응, 어? 그렇다고?"

방에서 무어라 말하는 소리가 이어진 뒤, 이스카가 방에서 나온 뒤 말했다.

"좋은 소식과 나쁜 소식이 있는데 뭐부터 들을래?"
"그.. 무슨 일인데요?"

네이선의 물음에 이스카가 답했다.

"그쪽에 심었던 첩자에게 보고가 들어왔어."
"어떻게 할까?"
"… 일단 좋은 소식부터 듣자."

좋은 소식부터 듣자는 말에 이스카가 일행에게 말했다.

"좋은 소식은 너희 친구를 찾았다는 거야."
"오, 나쁜 소식은요?"
"그 친구가 운 없으면 인격 세탁을 당할 수 있다는 것?"
"예?"

네이선이 잠시 이스카를 쳐다보다가 말했다.

"아니 무슨 일인데. 제대로 설명 안 해?"

레인의 말에 이스카가 한숨을 쉬더니 리모컨으로 빔프로젝터를 켜서 화면을 하얀 벽에다 띄웠다.

"자, 여길 봐. 이건 아까 그 사람 인격을 기계장치 안에 때려 박은 실험이야. 아까 말했던 첩자 씨자 내 조수가 보내준 거지."
"그런데 그게 왜?"

"4번째 기업, 아. 거기 사장이 지 딸이 병으로 죽자 원래도 정상은 아니었지만, 더 홱 까닥 돌아서 되살리려고 자기 딸 뇌를 아까 말한 그 장치에 때려 박았단 거지."
"와. 미친."

"거기다 덤으로 딸이 기계장치가 아닌 순수한 인간의 몸으로 살기 원했던 그녀는 딸의 몸이 될 튼튼한 복제인간? 클론? 이걸 뭐라 해야 하지. 아무튼 그런 것을 원했어. 영생에 관심이 있던 몇몇 기업도 협력했고. 아, 1번째 기업도 협력 했었으려나?"
"그래서 결론이 뭔데."
"말 끊지 말고 내 말이나 들어. 처음에 그들은 프로토타입으로 배양액에서 키웠지만 그녀가 원하는 내구성을 가지지는 못했어. 그래서 그녀는 평범한 아이를 키우는 듯이 키우면 어떨까 아이디어를 냈지."

"그래서?"
"아무튼 첫 번째로 테스트를 맡은 클론, 그러니 1호기는 예상외로 튼튼하게 잘 컸어. 그대로 몸에 그 기계장치를 때려 박아도 될 정도로."

하지만 난 그 사장을 싫어해. 저어어어엉 말. 태연하게 말하는 이스카에게 현이 말했다.

"잠깐 질문해도 될까?"
"아, 예. 질문 받겠습니다~"

"왜 그렇게 그 사장을 싫어하는 거야?"

현의 질문에 이스카는 잠깐 생각하다가 말했다.

"아까 말한 내부고발로 망한 전 5번째 기업 사장 아들이 나거든. 자, 아무튼 다시 설명하자면 나는 그 연구소에 들어가 깽판을 쳤고 거기 있던 1호기의 기억을 날린 뒤 탈출시켰어. 그 뒤로 다시 정비가 필요한 건지 포기한 건지는 몰라도 한동안 실행되지 않았지."
"설마."
"그 설마가 맞을 걸? 여기서 문제, 1번째 기업이었나, 거기 현장에서 너희 친구가 흘린 핏자국에서 유전자 검사를 하자 뭐가 나왔을까요?"
"…"

조용해진 일행을 본 이스카는 잠시 생각하

다가 말했다.

"아무튼 그 사장 양반은 원하는 것을 찾았어. 남은 건 그 기계장치를 때려 박든 뭐든 하는 거겠지. 물론 나는 그 사장이 정말 싫으니 가서 방해할 거지만. 그런 의미로 같이 깽판 치지 않을래? 그 친구 구출은 덤으로 하고."

"…"

이스카의 말을 들은 일행들은 조용히 고민했고, 서로 회의했다. 그리고 내려진 결론은-

*

"여긴 또 어디야."

화영이 정신을 차린 공간은 탁 트인 새하

얀 공간, 그뿐이었다. 그곳을 본 화영은 발걸음을 올려 무엇이 있는지 들러보던 중 새하얀 공간에서 검은 점을 발견했다. 달려가 보니 그것은 누군가의 뒷모습과 열린 문 하나가 있었다. 자세히 보니 칠흑 같은 검은 머리를 한 여자였다.

"…"
"누구?"

그 말을 들은 여자는 뒤를 돌았다. 바다를 닮은 푸른 눈이 화영을 바라보았다.

"뭐, 야?"

여자를 본 화영은 소스라치게 놀랐다. 그도 그럴 것이, 그 여자의 얼굴은 자신을 똑 닮았기 때문이다.

마치,

"음, 안녕. 너의 원본이라고 해야 할까?"

그대로 그 자신을 복사한 것처럼-

여자의 말을 들은 화영의 사고 회로는 복잡하게 돌아갔다. 원본? 그건 또 무슨 소리야? 그리고 여긴 또 어디고?

"그게 무슨 소리-"
"걱정하지 마, 곧 알게 될 거야! 복사체라고 해도 오랜만에 사람과 대화할 수 있으니 참 좋네."

'복사체? 원본? 이건 무슨 소리지?'

"... 다시 한 번 말할게. 넌 누구야? 그리고 여긴 어디고?"

그 말을 들은 여자는 잠시 화영을 보고 쓰게 웃은 뒤 말했다.

"여긴 심층이라고 보면 돼. 그리고 다시 말할게."

-나는 너의 원본 비슷한 거야.
'이게 무슨 미친 소리지?'

이해하지 못했다는 듯한 화영의 표정을 본 여자는 잠시 한숨을 들이쉬다가 말했다.

"내가 몸이 좀... 약해서 죽었어. 그런데 엄마는 그런 날 다시 살리겠다고 뇌를 전자장치에 넣거나... 새로 튼튼한 사람의 몸을 만들려고 했지. 그렇게 해서 만들어진 것이 너야."

이 말을 들은 화영은 생각했다. 그러니까 내가 눈앞의 저 여자를 살리려고 만들어진 거라는 소리인가? 그렇다면 왜 저 여자는-

"이 사실을 나에게 알려주는 이유가 뭐야?"

"음, 솔직히 말하자면 지쳤거든. 가망이 없는 몸을 계속 붙잡고 있는 것과, 의미도 없는 치료를 반복하면서 살아가는 것. 그래서 그냥, 너에게 넘겨주려고. 편히 쉬고 싶어."
"뭐?"
"너에게 넘겨준다고, 아, 그리고 엄마에게 나 없어도 잘 지내야 한다고 전해줘."

그러면, 잘 살아.

그와 함께 여자는 문으로 화영을 밀었다. 이내 화영이 눈을 뜨고 둘러보자 보인 것은 낯선 방과 자신의 물건들이 들어있던 가방이었다.

화영이 가방을 들고 문을 열자 보인 것은 아까의 그 경호원과 처음 봤지만, 아까의 그 여자를 닮았지만 더 늙어있는 여성이었다.

"딸?"

여성의 말에 화영은 잠시 생각하다, 말했다.
"유감스럽게도 저는 당신 딸이 아니라서."

유전자 제공자까지 하면 맞긴 하는데 아무튼, 화영이 생각하던 중 그 말을 들은 여성의 표정이 무어라 형용할 수 없게 일그러졌다.

"아니... 아니야...."
"저건 그쪽 딸이 아니야."

여성은 현실을 부정하듯이 저것이 제 딸을 잡아먹었다고 중얼거렸고, 경호원은 그런 여성을 보며 말했다.

"어찌 되건, 실패했으니까 처분해야지."

그의 말을 들은 화영은 가방 안에 있던 자신의 총을 들고 방어 태세를 취하며 말했다.

"그쪽 딸과 대화를 좀 했는데,"

그 말을 들은 여성의 표정이 일그러졌다.

"자신은 고통에서 벗어나고 싶다고 하더라고요. 아, 그리고 자기 없어도 잘 살라는 말도 했어요. 그럼 전 이만."

그와 함께 경호원이 칼날을 들며 달려들었고, 화영은 급히 복도를 달렸다

여기가 무엇을 하는 장소인지 모른다. 하지만 도망쳐야 한다.

잠깐 멈춰 선 화영은 총 몇 발을 경호원에게 쏘아서 시간을 벌고 비상계단으로 들어갔다.

밑으로 가면 문이 있을 거라는 판단 하에 화영은 계단을 내려갔고 문 열리는 소리와 함께 경호원이 들어왔다.

경호원을 본 화영은 밑층의 문을 열어 빠져나오고 다시 총을 장전했다.

얼핏 주변을 보자 보인 것은 1층이었던 것인지 유리창과 주차장과 해가 뜨기 시작한 새벽의 하늘이 보였다. 화영은 왼손에 총을 쥐고 오른손에는 칼을 소매 안에 숨겼다. 경호원은 비상구에서 나와 화영이 있는 곳으로 다가오고 있었다.

*

"그래서 씨X 어디로 가는 거야? 그리고 이거 과속운전 아니야?"
"거기 내 조수가 잠입한 건물이 있거든? 거기에 네 친구가 있을 거야. 그리고 우리가 이러는 데 과속위반은 순한 맛 아냐?"
"그래서 거기가 어디.. 아니다."

레인의 말에 이스카가 답했다. 차에 탄 일행들은 퍽 이게 맞나 하는 표정이었다.

~ ♪

"저거 누구 디바이스냐."
"아, 내꺼네."

위그가 울리는 디바이스를 통화 모드로 돌리자 현의 목소리가 들렸다.

[어, 그래. 나 집 갔는데 니들은 뭐하냐?]
"지금 분탕이랑 차타고 화영이 구하러 가는 중인데?"
"분탕이라니 말이 너무하네!"
"맞잖아."
[잠깐만, 옆에 누구야?]

한 순간 배 안에서 침묵이 있었다.

"어, 누구랑 전화해?"
"어.. 어어.. X발.."

이스카의 진짜 누구냐는 듯한 물음에 위그는 할 말을 필사적으로 찾았다.

[누구냐니까?]
"잠깐만 형, 그러니까 쟤는.. 쟤는.. 어.."
"잠깐 좀 내놔 봐."

레인이 위그의 디바이스를 손에서 채갔다.

[그래서 이게 무슨 일인데?]
"아, 별 건 아니고 화영이 그 새X들에게 납치당한 상황이라 위치 아는 애를 만나서 구하러 가는 중입니다."
"그게 맞아..?"
[그럼 존나 위험한 거 아냐?]
"잘 아시네요."
[나도 간다.]

"?"
[위치 전송해.]
"네?"

잠깐 디바이스를 쳐다본 레인이 일행들을 보면서 표정으로 말했다. 마치 조졌는데? 라고 하는 것 같은 모습이었다.

"오, 새로 하나 추가되는 거야? 이리 줘봐."

그 말을 들은 이스카는 레인의 손에 달린 디바이스를 들었다.

"네~ 여기로 오면 됩니당! 전 이만 운전해야 해서!"
[잠깐만, 넌 누구-]

-뚝!

그와 함께 이스카는 전화를 끊었다.

"왜? 위치 보내는 거 아니었어?"
"아니 씹, 아니 아.. 뒷골 땡겨."

얘들아. 현 씨 오면 다들 닥치고 있자. 제발. 레인의 말에 다들 입을 다물고 굴러가는 차에 가만히 있었다.

"그리고 운전대 나에게 넘겨."
"내가 왜?"
"니 과속운전 하는 거랑 도중에 디바이스로 통화하는 걸 보니 믿음이 사라졌어."
"음.. 생각해보니 맞는 말이네!"

*

차 사고로 쏠린 왼팔이 아픈 것인지 잠시 표정을 찡그린 화영은 왼손으로 총을 쏘려 했고 이를 눈치 챈 경호원은 그 칼을 들고 화영에게 달려들었다. 공기 가르는 소리가 들렸다.

 바람 가르는 소리와 고기 써는 소리가 들림과 동시에 총을 쥔 왼팔이 피를 뿜음과 함께 잘려 나가 바닥을 뒹굴었다. 그와 함께 화영은 오른손에 숨긴 칼을 경호원의 목에 박았다. 사지 멀쩡히 나갈 수 없다면 신체 한 부위를 희생하겠단 생각으로 저지른 일이었다. 칼이 목을 깊숙이 파고듦과 함께 경호원은 화영을 걷어찼다.

 발에 차인 화영은 바닥을 뒹굴었다.

'예상은 했지만... 더럽게 아프네....'

 경호원은 목을 찔린 것이 큰 타격이었는지 비틀거리면서 칼을 들고 화영이 있는 쪽으로 걸어왔다. 그와 함께,

"빵빵! 시XX끼야!!"

처음 보는 차 한 대가 유리창을 깨고 돌진해 경호원을 깔아뭉갰다.

"... 해치웠나?"

레인이 말하면서 차의 문을 열고 나왔다.

"그거 플래그인데."

말이 끝나기 전에 경호원이 힘겹게 일어섰다.

"아니 저게 사람이야?"
"확인사살은 중요하지."

그 말과 함께 플라즈마 건을 든 네이선이 내리면서 총구를 경호원에게 겨눴고,

~♪

"뭐야 또?"
"형, 바쁜데 전화는 왜 또 걸었어?!"

그런데 그때, 현에게 전화가 왔다.

[어, 곧 도착한다고!]
"언제?!"
[10..]
"10분?"
[9...8...7...]

5.. 4... 3... 2.. 불안한 예감이 든 것인지 창밖을 본 위그는 바이크 하나가 이쪽으로 달려오는 것을 보았다.

"---다들 비켜!!!"

그와 함께 바이크 하나가 창문을 깨고 달

려와 경호원을 한 번 더 치고 장렬하게 넘어졌다.

 바이크에 치인 경호원은 더는 움직이지 않았고 바이크에서 나가떨어진 현은 비틀거리면서 몸을 일으켜 세우려고 했다.

 "... 확인사살."

 그리고 갑작스러운 상황에 굳어있던 네이선은 플라즈마 건을 경호원에게 쏘았다. 탕. 기계 부품과 살점이 튀었다.

 "빨리 차에 타.. 뭐야, 너 팔은? 왜 거기 있, 아니다. 차에 타기나 해. 트렁크에 붕대 있고."

 화영이 잘린 왼팔을 들고 차에 타자 위그가 대충 현을 차에 옮기는 것을 본 뒤차에 탄 레인은 차를 후진시켜 건물에서 빼낸 뒤,

다시 차를 돌렸다.

"아... 꺼흡... 큭... 켁... 깽판을 치자고 하니 차를 냅다 건물에 처박네..."

조수석에서 웃고 있는 이스카를 본 화영이 말했다.

"쟨 뭐야?"
"이상한 X끼 있어."

네이선의 말을 들은 화영은 이해가 가지 않는다는 표정을 하다가 질문을 던졌다.

"... 그런데 이제 우리 뭐해?"
"시골에 살 집부터 알아보자."

'아, 그러고 보니 시골에서 같이 농사나 짓자고 했지.'

화영은 가만히 창밖을 바라보았다. 새벽의 하늘은 어느 순간 해가 떠서 그들을 비추고 있었다.

차는 시골을 향해 움직이고 있었다.

-팍!

 화영이 로타리삽으로 땅을 파자 감자 여럿이 나왔다. 감자가 나온 걸 본 화영은 옆으로 자리를 옮겨 다시 감자를 캤다.

 일이 끝나고, 재미있게 깽판을 쳤으니 정착을 도와주겠다는 이스카에 의해 시골에서 살게 된 지도 상당한 시간이 지났다.

"자자, 간식 먹고 하자."
"... 전부터 궁금했던 건데, 기계 쓰면서 해도 되는 걸 왜 직접 하는 거야?"
"요즘 애들은 낭만이 없어요, 낭만이."
"우리 동갑이라는 건 잊었어?"
 쟁반에 깨끗이 심은 토마토를 가져온 네이선이 화영에게 말했다. 멀리 그늘에서 위그가 반쯤 뻗은 채로 쉬고 있는 것이 보였다.

"그러고 보니 오늘 손님 온다고 하지 않았

어?"
"그러게."

그와 함께 자동차 소리가 들렸다. 둘이 고개를 돌리자, 차 하나가 오고 있었다.

"여어."

차자 주차함과 함께 현이 차에서 내리고 손을 흔들었다.

"아, 손님이 현 씨였나 봐."
"저기 레인도 왔네."
"중간에 만났다."
레인의 말에 위그가 벌떡 일어나 다가왔다.

"자, 이제 슬슬 밥 먹을 시간이지? "
"나 간식 먹은 지 얼마 안 됐는데?"

네이선의 말을 깔끔히 무시한 레인은 현을

들여보낸 뒤 집으로 들어갔다.

"잠깐만, 도와줄게."

레인을 따라 위그도 집으로 발걸음을 올렸다.

"잠깐! 같이-"

그걸 본 네이선도 황급히 뛰었다.

뛰어가는 네이선을 보던 화영은 이윽고 하늘을 바라보았다.
하늘은 구름 한 점 없이 맑았다.

말없이 하늘을 바라보던 화영은 이윽고 집을 향해 걸어갔다.

에필로그

책을 쓰던 중 의욕이 떨어졌다. 글을 쓰려고 해도 손이 가지 않았다. 그럼에도 주변에 있는 사람들의 조언과 격려로 다시 붙잡았다.

솔직히 말하자면 내 주변에 있는 사람들은 가끔 나에게 과분하다는 생각이 들 정도로 너무나 좋은 사람들이고, 난 이들에게 감사하고 있다.

다시 한 번 이 책이 나오기까지 포기하지 않게 응원과 격려, 도움을 주신 부모님과 선생님, 그리고 출판사에 감사드린다.

열아홉 생일을 앞둔 초겨울, 휘서

사 이 버 펑 크 디 스 토 피 아
ⓒ 최서희, 2024

초판 1쇄 인쇄 2024년 11월 27일
초판 1쇄 발행 2024년 12월 04일

지은이 최서희
펴낸이 김난주
펴낸곳 별이되는집 출판사
주　소 충남 태안군 근흥면 조삼벌길 137-26
　　　　밀모래자연학교
전　화 041) 674-0612
이메일 gonirami@naver.com
홈페이지 https://cafe.daum.net/topstarbooks

ISBN　979-11-91798-06-7(03810)

- 이 책은 전자책으로도 볼 수 있습니다.
- 가격은 뒤표지에 있습니다.
- 이 책은 저작권법에 의하여 보호를 받는 저작물이므로 무단 전재와 복제를 금합니다.